Isflickan

ISFLICKAN
© Sören Colbing, 2024
Omslagsformgivning: Carl Åkesson
Omslagsfoto: Theodor och Sören Colbing
Förlag: BoD – Books on Demand, Stockholm, Sverige
Tryck: BoD – Books on Demand, Noderstedt, Tyskland
ISBN 978-91-8057-597-3

ISFLICKAN

Sören Colbing

Inträffat är oåterkalleligt och utgår från skärningspunkten, likt origo. Det uppstår en positiv sida respektive en negativ. Vissa hävdar att det är ödesbestämt, andra gör gällande att det är slumpmässigt. Ingen anar vilka konsekvenserna blir över tid.

Del 1

Kalle Bruthus är skärgårdsentusiast och han har sin bästa vän, Kurre, vid sin sida. Det är april 1942 och vintern har varit lång och kall.

1

HÖGRE MAKTS JAKT

FÖRENADE I EN enastående stund, ett återseende och en nåd att stilla bedja om. Kalle Bruthus uppfylls av en oerhört stark lyckokänsla, bäst beskrivet som berusande eufori. Bästa vännen Kurre och han själv är äntligen tillsammans igen på skäret, deras skär.

Kurre och Kalle Bruthus har varit kompisar sedan de var i treårsåldern. Familjerna bodde grannar och de föddes hösten 1906 med ett par månader mellan dem, varav Kurre är äldst. Nu sitter de i skjutskåren jämte varandra med någon meters mellanrum. Skäret är det yttersta i den här delen av Stockholms skärgård, som Kalle Bruthus anser är den vackraste av utskärgårdar. Här på denna sista utpost, detta skär som Kurre och Kalle Bruthus kallar sitt, men som egentligen är ett så kallat friskär, har de två vännerna byggt upp en skjutskåre. I ärlighetens namn, att det är ett friskär innebär i praktiken att vem som helst har rätt att jaga här, men det är Kurre och Kalle Bruthus som byggt skåren och det gjordes på ett bra sätt från allra första början. Med bra avses främst att skjutskåren består av stora stenar, närmast beskrivet som bumlingar. De två kompisarna är väl medvetna om att stenarnas storlek och tyngd har en avgörande betydelse eftersom mindre stenar helt

9

enkelt spolas iväg av stormvågor eller förs bort av is i rörelse. De skulle bli tvungna att börja om varje vår om de byggt för lättviktigt. Nu är det mest fråga om att baxa ett fåtal stenar på plats som rubbats ur sitt ursprungliga läge. Året de uppförde skåren transporterade de själva ut stenarna med båt. Vännerna var då i fjortonårsåldern och sedan dess har de varit på "sitt skytteskär" varje höst och vår för att jaga sjöfågel. Vårjakten har alltid varit favoriten för både Kurre och Kalle Bruthus. Detta av flera anledningar, varav tiden på året är avgörande. Vårjakten pågår från och med första april till och med tionde april och ljuset har hunnit återvända med allt längre dagar. Tillgången på jaktbytet, sjöfåglarna, är oftast betydligt bättre på våren än på hösten. Även vattentemperaturen spelar in. Det är kallare vid den här tiden, alltså i början av april månad, än vad det är på hösten i september och oktober. Detta medför att fågelköttet håller sig fräscht en längre tid på våren i jämförelse med hösten.

Notera: Rätt ska vara rätt. Att Kurre och Kalle Bruthus har varit här på skäret varje år sedan skjutskårebygget stod klart hösten 1920 stämmer inte helt. Nu är det april 1942 och de har inte varit på skäret sedan vårjakten 1939.

Den här sjöfågeljakten överglänser överlägset allt de tidigare varit med om! Vädret är inte bara bra, det är enastående! Soligt och varmt. Vindstilla, inte en krusning på vattnet. Dessutom är det oerhört många sjöfåglar i luften, varav de flesta är alfåglar eller ejdrar. Jägarna omges av en stark ljudkuliss framförallt tack vare alfåglarnas vackra sång. Flock efter flock, med dels alfåglar och dels ejdrar, kommer inflygande över jaktkamraternas tjugo vettar som ligger cirka femton meter utanför skärets södra udde och de två skyttarna sitter ungefär åtta meter från strandlinjen. I och för sig ett nära nog idealiskt skjutavstånd, men till helhetens extraordinära fågeljakt hör att varje skott de skjuter med sina dubbelpipiga hagelgevär tycks träffa! Kalle Bruthus sneglar på sin kompis och kan inte låta bli att le. Kurre märker att hans kamrat tittar på honom och ler tillbaka. Kurre skjuter två skott i tät följd och tre alfåglar störtar mot havets yta och ligger därefter stilla, döda. Ytterligare en märklig och fantastiskt bra sak: Alla skott är dödande! Inga skadeskjutna fåglar att behöva offra extra skott på, inget utdraget lidande, ingen dödskamp.

Kurre flinar mot Kalle Bruthus och säger samtidigt som han laddar om sitt hagelvapen med två nya patroner:

– Att jag är en enormt skicklig skytt, det kan jag med fog påstå är allmänt erkänt. Men att du min käre Kalle Bruthus är så pass skicklig som du visar idag är faktiskt en stor överraskning!

– Jaså, det säger du din skämtare, svarar Kalle Bruthus och flinar tillbaka mot sin jaktkompis.

Pang pang, fler fullträffar, fler döda fåglar på den stilla, blanka vattenytan.

Kalle Bruthus nynnar:

– Lugn vilar sjön när det inte blåser, tralala la la la.

Kurre säger med glimten i ögat:

– Finns det möjlighet att få höra den med melodi?

– Ha ha, svarar Kalle Bruthus och ska just till att tänka ut ett bra hämnd-svar när Kurre plötsligt frågar:

– Vet du, som är så duktig, vilket det första skottet är?

– Vad menar du, det allra första skottet någonsin? Hur sjutton ska jag, eller ens någon nu levande person, veta det?!

– Du kan ju alltid dra till med en vild gissning, föreslår Kurre.

– Vadå vild gissning, som till exempel Napoleon?

– Det är tyvärr fel gissat av dig Kalle. Det rätta svaret är … Skott-Ett såklart!

– Fy faan va korkat, inte alls lattjo om du nu inbillar dig det, sa Kalle och fnös.

Fler fågelflockar. Fler skott. Mer jaktbyte.

– Jahaja, sa Kalle, får jag fråga dig en sak?

– Visst, fråga på du, sa Kurre storsint.

– Vilken är den första klockan?

Kurre funderade.

– Kan jag få en ledtråd? sa Kurre efter en stund och några skott senare.

– Absolut ska du få det. Ordet urgammal är det. En ledtråd alltså.

– Vad lekande lätt och enkelt det blev nu då! sa Kurre och efter en konstpaus svarade han:

– Ur-Ett!

Kalle ler när han säger:

– En eloge till dig för ett hyfsat bra svar, men tyvärr är det ett felaktigt svar! Rätt svar är ...Solur-Ett!

– Usch, nu koncentrerar vi oss på själva jakten och försöker vara tysta, men Kurre kan trots allt inte låta bli att skratta.

Han dunkar Kalle i ryggen och säger:

– Din sluga rackare!

Euforin består och allt pågår ytterligare en stund: Det fantastiska vädret, sjöfåglarnas flykt, ljudkulissen med alfågelsång, de välriktade hagelsvärmarna, känslan av gott kamratskap. Och allt sker dessutom på den vackraste av platser! Men allting har ett slut och det börjar bli dags att bärga bytet. Kalle Bruthus ska just resa sig upp och kamratligt erbjuda sig att ro ut med ekan och bärga fåglarna, men ögonblicket innan säger Kurre:

– Jag ror ut. Sitt du här och lapa sol och bättra på din solbränna.

Sagt och gjort, Kurre reser sig. Med sin hagelbössa i höger hand går han sakta mot skärets norra udde. Kalle Bruthus sitter kvar i skjutskåren. Solen värmer skönt, han sluter ögonen och känner hur trött han i själva verket är.

– Omtänksamt av min käre Kurre, mumlar Kalle Bruthus för sig själv.

När han vrider på huvudet ser han Kurre när han sakta går över skärets högsta platå och några sekunder senare försvinner han ner bakom berghällen. Kalle Bruthus gör det bekvämt för sig i skåren genom att lägga ut ett par väl insuttna dynor och ovanpå dem sin egen stora skjutrock av tjockt vadmalstyg. Kurre har lämnat kvar sin skjutrock och Kalle Bruthus tar sig friheten att använda den som täcke.

Det är fortfarande vindstilla och det är inte heller någon ström i vattnet. Här ute kring de yttersta skären brukar det alltid strömma och dessutom växla riktning då och då. Den ena minuten kan det vara nordlig ström för att någon minut senare plötsligt bli sydlig. Men idag är det inte mycket som är sig likt och det är ett strömlöst stillastående vatten som omger skäret. Kalle Bruthus funderar på det här med ström och vind. Lite märkligt att när det är fråga om ström, alltså när man anger strömmen som nordlig, då avses vilken riktning strömmen är på väg åt. Alltså är nordlig ström på väg åt norr. Tvärtom när det gäller vind. När man anger vinden som nordlig, ja då kommer vinden från norr och är på väg mot söder. Detta har förmodligen en logisk förklaring, men han tänker inte försöka komma på vad logiken går ut på. Inte här och nu, inte idag, kanske imorgon.

Kurre borde vara här nu. Det är inte långt att ro från platsen där deras eka ligger uppdragen på en berghäll och noga förtöjd vid en stor sten. En bra och trygg plats, inte minst för den säkra förtöjningens skull. Att ha tillgång till båt är centralt livsviktigt för dem. Om ekan sliter sig och kommer på drift uppstår det med ens en katastrofal situation.

Tiden går och Kalle Bruthus hinner bli ordentligt orolig och tänker obehagliga tankar som att Kurre råkat halka på de såphala strandnära klipporna och fallit så otäckt att han slagit i huvudet och tuppat av. Och kanske är Kurre ...Nu! Ja, nu äntligen kom han roende runt skärets östra udde! Kurre ror medsols runt skäret och det är förväntat, resonerar Kalle Bruthus med sig själv. Ingen vind syns på havets yta, inte ens en krusning, men trots allt finns det lite vind en bit upp i luften och den ytterst svaga vinden för med sig en doft av piprök. Greve Gilbert Hamiltons Blandning. Svårt, för att inte säga omöjligt, att ta miste. Och det främst för att det är Kurres favorit.

Nå, nu fick Kalle Bruthus förklaringen till varför Kurre har tagit lång tid på sig. En pipa rök i godan ro, det är han väl värd att unna sig. Det är inte någon brådska. De döda sjöfåglarna kommer som sagt ingenstans när det vare sig blåser eller strömmar och Kurre och han själv har inte bråttom. Ta det lugnt, koppla av. Kalle Bruthus ser hur Kurre börjar backa mot den fågel som ska bärgas först.

Kurre säger högt och tydligt när han lyfter in den första sjöfågeln som är en präktig ejderhane, en så kallad guding:

– En.

Fågeln försvinner ner i ekan, troligen placerar Kurre den på akterdurken.

– Två.

Kurre ror, bärgar och räknar vidare med hög och tydlig röst. Kalle Bruthus njuter av aprilsolens värme. Han kom att tänka på hur det var för fem år sedan när han kom till sitt arbete efter vårjakten i skärgården och kollegorna kände inte igen honom! Och det berodde på den rejäla solbrännan han fick här ute under vårjakten då det var ovanligt mycket sol, men även en hel del vind. Till skillnad från nu med det kav lugnt stilla havet. Han tittar och lyssnar när Kurre bärgar, men efter en stund gör Kalle Bruthus på nytt det bekvämt för sig i skjutskåren. Dynorna isolerar mot det kalla berget och hans skjutrock gör sitt till för höja komforten.

– Ingenting för prinsessan på ärten men det får duga åt mig, mumlar Kalle Bruthus.

Han lägger sig på det provisoriska underlaget och Kurres rejäla rock får ännu en gång duga som täcke. Kalle Bruthus sträcker ut sig i sin fulla längd och myser för sig själv när han hör kamraten fortsätta med att räkna bärgade fåglar.

– Trettiotvå. Trettiotre.

Så många middagar. Sjöfågel i ugn, två eller kanske till och med tre fåglar på en gång. Bryna dem först i stekpanna på spisen och därefter in med långpanna i ugnen. Skeda sky. Salta och peppra. Servera med tillbehören potatis, sås och lingonsylt. Och det ska vara plockade och svedda fåglar! De jägare som flår sitt byte förstår han sig inte på. Det mesta av smaken går ju förlorad när man tar bort skinnet. Kalle Bruthus fantiserar om allt gott fågelkött med tillbehör och det får det att vattnas i munnen på honom. Nu när det är krigstider, och därmed kristider, är det extra välkommet med färskt kött. Det är mycket som är ransonerat och det gäller bland annat kött. Folk äter ekorrar, kajor, kråkor eller vad de kan komma över. Han hade hört rykten om råttor på middagsbordet. "Sveriges beredskap är god", hade Per Albin Hansson sagt bara dagar innan kriget bröt ut. Inte tillräckligt god, tänker Kalle Bruthus.

– Min käre vän och jag är lyckligt lottade, mumlar han för sig själv samtidigt som han hör Kurre ropa:

– Femtioåtta. Femtionio. Sextio.

– Där låg fåglarna tätt, konstaterar Kalle Bruthus belåtet för sig själv.

Han kom att tänka på hur det kunde vara när han var helt liten och det var tuffa tider. Han kommer inte ihåg det själv men han lär ha sagt "Lite men gott. Gott men lite." Ibland är det överflöd. Vid andra tillfällen är det brist på bra föda och närmast nöd. Det går inte att ta någonting för givet. Vem är han att tro annat?

Kalle Bruthus ligger och dåsar i solskenet. Han resonerar i tysthet med sig själv om han egentligen behöver ha Kurres skjutrock över sig när det är så här varmt och skönt i luften? Bättre att ha rocken under sig, då isolerar det ännu bättre mot det kalla berget. Vilket angeläget spörsmål, han ler åt sig själv. Finns det verkligen ingenting viktigare att ta beslut om, utföra, åtgärda? Då och då hörs Kurres röst, klar och tydlig.

Det senaste utropet är:

– Sjuttiosju.

Därefter är det tyst. Och det förblir tyst.

– Men det är ju strålande. Sjuttiosju fåglar! Nytt rekord och det med råge. Kommer vi själva att få plats i ekan tro? Jodå, det kommer att gå bra, mumlar Kalle Bruthus och lägger sig på vänster sida och drar upp Kurres rock över sitt huvud.

Alfåglarnas sång hörs fortfarande men nu på betydligt större avstånd och därmed är ljudkulissen mer dämpad.

2

PÅ HAVETS YTA

VARFÖR JUST SJUTTIOSJU? Kalle Bruthus tänker av någon diffust oklar anledning på talet sjuttiosju. Visserligen ett tal så gott som något. Sjuttiosju sjuka sjöfarare ser sjöhästar som skjutsade skönsjungande skurkar som ska skura sina skenben skinande släta såsom såphala salongsgolv …äsch! Där tog det tvärstopp. Kalle Bruthus lägger märke till att alfågelsången har tystnat helt. Plötsligt kommer han på det: Just det, sjuttiosju! Det är ju antalet fåglar som hans käre vän Kurre bärgade och hade vänligheten att ropa upp antalet vartefter. Så är den gåtan löst, klart som korvspad, tänker Kalle Bruthus samtidigt som han sätter sig upp. Det Kalle Bruthus i detta ögonblick ser framför sig är till viss del förväntat, men det finns även inslag som är ohyggligt skrämmande! Det är som om tiden står stilla – ett fastfruset stelnat ögonblick av fasa – han känner hur håren på hans underarmar reser sig och han ryser. Kalle Bruthus försöker förstå vad det innebär, både det han ser och framförallt det som han INTE ser. Havet ligger blankt som tidigare. Ekan ligger en bit ut från skäret. Men där tar det förväntade slut. Det har mulnat och det är kyligt i luften. Vettarna är borta, men de kan ju Kurre ha plockat in i ekan. DET VÄRSTA ÄR – DET FASANSFULLA – VÄNNEN

KURRE SYNS INTE TILL!!! Kalle Bruthus gör ett försök att ta sig samman, det kanske finns hopp trots allt!

Han ställer sig upp och ropar:

– Kurre, visa dig, sluta skämta!

Men ingenting händer.

Kalle Bruthus ropar ännu högre och nu med desperation i rösten:

– Kurre, för i helvete, det här är inte roligt. Kom fram! Sluta med vad det nu är du gör! Din förbannade lustigkurre, jag kommer att hata dig så länge jag lever om du inte kommer fram nu. Hör du det – NU!

Men Kurre ger sig inte tillkänna. Kalle Bruthus ser sig omkring på skäret och försöker lugna ner sig, tänka logiskt och väga alternativen mot varandra. Kurre skulle för faan i helvete aldrig lämna ekan där ute! Kan han plötsligt ha blivit sjuk? Ligger han på durken i ekan, men ekan ser ut att ligga högt på vattnet, är Kurre verkligen i båten? Kan han ha ramlat överbord? Kanske hade han blivit pinknödig, ställt sig upp för att pissa över relingen och tappat balansen och fallit överbord? Struntat i vår rutin när det gäller urin att alltid sitta och pinka i öskaret, skulle han verkligen vara så pass omdömeslöst slarvig när han dessutom är ensam i ekan? Men OM Kurre av någon anledning ramlat överbord borde det ha hörts ett rejält plask och dessutom skulle han ha ropat på hjälp! Gjort ett försök att simma iland. Inte skulle han ha sjunkit till botten som en gråsten ...Eller? Det uteblivna plasket förbryllar. Kalle Bruthus kommer att tänka på ytterligare en mystisk detalj. Årorna syns inte till. Kan de ligga i båten, men varför lyfta av dem från årtullarna och stuva ner dem i ekan? Kalle Bruthus skakar på huvudet. Han känner paniken komma smygande när han inser att, som om det inte är tillräckligt jävligt att Kurre är försvunnen, han själv är riktigt illa ute om han inte lyckas få tag i ekan. Kanske finns Kurre och även årorna i ekan, kanske inte, men om han själv ska ha någon möjlighet att överleva måste han få tag i ekan. Han kan inte räkna med att det ska komma någon båt förbi här ute i den här delen av skärgården, knappast så här års. Om han inte fryser ihjäl kommer törst och hunger att göra sitt. Kanske en kombination av kyla och brist på vatten. Kanske skulle han i desperation börja dricka av havsvattnet. Bli galen. Nej, han måste få fatt i båten.

Det är visserligen gråmulet och kyligt i luften, men det är fortfarande vindstilla. Och fortfarande ingen ström i vattnet utanför skäret. Ekan ligger kvar på samma plats. Det är som om deras eka skulle vara uppankrad. Men så är det ju inte, ekan bara ligger där märkligt stilla. Ännu så länge är bäst att tillägga eftersom det ute vid horisonten nu kan ses likt ett mörkt band på vattnet, ett område som blir allt större för varje minut.

Kalle Bruthus säger högt för sig själv:

– Det står vind där ute och det ser ut som att den kommer åt det här hållet. Om det är bra eller dåligt återstår att se.

På ett märkligt sätt, som han inte kan förklara, är det som om han pratar med och till sin vän Kurre. Det gör att Kalle Bruthus känner sig lite lugnare, som en sorts tröst.

Avståndet från skäret ut till ekan är nu cirka tjugofem meter. Kalle Bruthus inser att han måste jämföra de alternativ han har mycket noga och väga in dess för- respektive nackdelar. Han behöver ta med i beräkningen att vinden som kommer där ute till havs kan komma att ändra spelreglerna på ett dramatiskt sätt. Kanske till hans fördel men det kan lika gärna bli tvärtom. Om han ger sig ut nu vet han var båten är och de omkring tjugofem metrarna som han behöver simma ska tas gånger två. Kalle Bruthus kan inte räkna med att han ska kunna ta sig upp i båten. Nej, det är tur- och retursim som

gäller och för att kunna genomföra returen måste han först
få tag på linan som är förtöjd på stävens insida och därefter
simma med ekan på släp. Linan är ungefär tio meter lång och
det är en fördel eftersom när han väl tagit sig in till skäret
tillräckligt för att stå på bergbotten finns möjligheten att dra
in ekan det sista tiotalet meter. Kylan i havet oroar honom.
Troligen är vattentemperaturen i ytskiktet som mest en till
två grader. En människa blir snabbt nedkyld vid sådana för-
hållanden. Kläder på eller kläder av, det är frågan? Fördelarna
med kläder på är främst att de ger ett visst skydd mot vassa
snäckor, havstulpaner och dylikt, samt att vattnet närmast
kroppen värms en aning, med betoning på en aning. En stor
nackdel med att simma med kläderna på, och eventuellt även
med kängorna, är att det blir betydligt tyngre att simma på
det sättet i jämförelse med när man simmar utan kläder och
skodon. Och en nog så viktig fördel med kläder av är att det
finns torra kläder att ta på efter "vinterbadet".

Kalle Bruthus har nu en plan klar för sig, men det är nöd-
vändigt med en reservplan eller kanske till och med två planer
i reserv. Allt beror på hur situationen kan komma att utvecklas.
Han håller hela tiden ett vakande öga på hur vinden påver-
kar havets yta. Och det mörka området kom allt närmare.
Det mörka är helt enkelt små krusningar som vinden åstad-
kommer. När de små krusningarna på vattnet är något drygt
hundratal meter ut känner Kalle Bruthus vind i ansiktet. Han
vrider ansiktet mot vinden fram och tillbaka några gånger för
att utröna vindens riktning.

Med näsan pekande rakt mot vindriktningen kan han sak-
ligt konstatera:

– Den är sydlig, med lite dragning åt sydsydväst.

Bör innebära att det inte blir någon dramatisk förändring
när det gäller avståndet till ekan. Och i samma stund börjar
ekan röra på sig, påverkad av vinden.

– Nu gäller det. Det här klarar jag enkelt, en lätt match, sa Kalle Bruthus högt och tydligt, mycket för att uppbringa mod och tillförsikt.

Det börjar klucka kring det klinkbyggda skrovet och ekan driver allt snabbare. Han har bestämt sig för att simma utan kläder. Att han ges möjlighet att ta på sig torra kläder efter simturen hägrar. Ekan driver som Kalle Bruthus förutsåg i stort sett parallellt med skärets utsida. Om den fortsätter på det viset, det är ingenting som tyder på motsatsen, kommer ekan att passera en liten udde som är belägen ett fyrtiotal meter bort. Här kommer avståndet mellan skäret och båten bli som kortast, uppskattningsvis inte mer än maximalt tjugo meter. Det betyder ett tiotal meter kortare att simma och det kan vara av stor betydelse. Kanske den avgörande skillnaden mellan liv och död. Där på den lilla udden är det absolut nödvändigt att han är redo och det är bäst att ge sig ut i det iskalla vattnet och börja simma innan ekan är framme. Det gäller för honom att komma i precis rätt tid. Helst inte för tidigt och absolut inte för sent och att då bli tvungen att försöka jaga ikapp ekan, som nu för övrigt driver allt snabbare i den tilltagande vinden.

Han börjar gå mot udden och släpper bara ekan med blicken under korta stunder. Men det gäller även att vara uppmärksam på var och hur han sätter ner fötterna. Det är rejält halt på klipporna.

– Fy sjutton! Det är lika snorslemmigt halt som en ål från Åhus, väser han.

Han vill absolut inte ramla och skada sig, bryta sig. Om detta olyckligtvis skulle hända honom är han lika rökt som en flatrökt ål från Åhus. Alltså både uppfläkt och rökt, är lika med chanslös. Innerst inne har jag ingenting emot Åhus. Tror jag, tänker Kalle Bruthus och skrattar högt. Väl framme på udden klär han av sig snabbt och slänger kläderna och kängorna en bit upp på skäret. Allt förutom kalsongerna som han behåller på av en något udda anledning. När han var barn, bara fem sex år gammal, sa hans farbror till honom att det var säkrast att bada med badbyxorna eller kalsongerna på. Anledningen, enligt farbrodern, var följande:

– Det var en pojke som badade naken och då hade det kommit en stor gädda och huggit honom i snoppen.

Kalle Bruthus kom ihåg sin farbrors ord:

– Det slutade inte bra. Stackars grabb! avslutade farbrodern och skakade på huvudet.

– Sant eller inte, jag har inte tagit den risken sedan dess att jag hörde historien om gäddan. Varför göra det idag? mumlar Kalle Bruthus när han mer glider än går ut i vattnet.

Nu är han så fokuserad att han inte känner att fotsulorna blir blodigt såriga av havstulpaner. Kylan i vattnet får honom att haja till när han kommit ut så pass långt att vattnet når ett par decimeter över knäna och han kan kasta sig rätt ut. Här kom nu ekan guppande och det gäller att simma för allt vad han är värd. Han är lite tidigt ute men det är bara fråga om ett tiotal sekunder. Kalle Bruthus hinner fundera på om han ska försöka kika över relingen på ekan för att se om Kurre trots allt ligger på durken. Men han tar beslutet att det är tampen i stäven som är prioritet ett och att det är bråttom att ta sig tillbaka till skäret. Händer, fötter, armar och ben har i stort sett förlorat känseln. Men det går trots allt att nödtorftigt simma med dem. Inget skönsim, mer likt hundsim som om han var utrustad med taxben.

– Nöden är simmandets moder och nöden har för faan ingen lag! frustar han i ett försök att bli förbannad.

Adrenalin i mängd tack. Med stela, okänsliga fingrar greppar han om tampen som är fastsatt vid stävens insida med en fransk träskruvsgänga och en ring av metall ett par decimeter ner från relingens överkant räknat. Rejält utfört. Han lyckas få fram linan och som det ska och förväntas är linan rejält förankrad i metallringen.

– En typisk livlina, väser Kalle Bruthus mellan tänderna och ler åt sin egen humor som närmast kan liknas vid galghumor. Nå, huvudsaken är att han tänker logiskt. De små distraktionerna klarar han faktiskt att vara utan. Det är ont om tid. Han vet att kylan kan göra att han blir förvirrad och tappar orienteringen, då kan situationen snabbt bli kritisk. Han lyckas med visst besvär få linan runt sin kropp under den ena armen så att linan hamnar i en armhåla. I övrigt löpte linan över den andra axeln och den fria änden på linan håller Kalle Bruthus krampaktigt i höger hand. När han börjar simma händer det inte mycket, det är mest fråga om att trampa vatten, men efter en stund börjar han trots allt att komma ur fläcken, ekan börjar röra sig åt det håll han önskar. Mot skäret och nu allt snabbare när ekan väl fått fart. Även om ekan är relativt lätt har den en viss tyngd som gör att den håller fart när den väl kommit i rörelse. Men vinden och de allt större vågorna pressar på i sidled mot ekans babordssida, vilket inte gör framfarten enklare. Efter mycket kamp och viljeansträngning slår hans knän i bergbotten. Han mer stapplar än går upp mot torra land med blödande knän och fötter men det är inte fråga om att känna någon smärta, känseln finns helt enkelt inte kvar i de kroppsdelarna. Båten glider in den sista biten mot skäret tills det tar stopp mot en berghäll. Han sjunker ihop av utmattning, men han måste se vad som finns i ekan. Hans käre vän, hans kamrat, hans … Kalle Bruthus kryper fram till ekan, tar tag i relingen med båda händerna och lyckas mödosamt resa sig. Genom att stödja sig mot relingen på styrbordssidan håller han balansen och kan se hela innandömet på båten. Kalle Bruthus tar ett djupt andetag och skriker därefter rätt ut! Det är ett avgrundsvrål av vrede, frustration, saknad, sorg och självömkan. Ekan är obönhörligt tom! Ingen Kurre, inga sjöfåglar, inga åror, inget öskar, ingen hagelbössa. Det enda som Kalle Bruthus kan se i ekan är någonting som han inte förstår vad det är eller vad det består av. Detta obestämbara ligger i en liten hög på durken under aktertoften. Han tar sig sakta akteröver, böjer sig fram och med sina stelfrusna händer lyfter han upp det. Delar av det lossnar och glider ur hans grepp och hamnar på hans fötter. Han tittar misstroget på det han håller framför sig i sina kupade händer. Mest av allt liknar det en oformlig gegga av blodig substans.

3

DEN BESATTE

DET FÖRSTA SOM Kalle Bruthus kom att tänka på är tystnaden. Ja, det är inte bara tyst, det är märkligt tyst. Som att vara inlindad i ett tjockt lager bomull. Det är en mycket bra liknelse eftersom det har troligen alla varit med om och då blir det lätt att förstå för alla och envar. Alla har varit inlindad i bomull åtminstone någon gång. Eller hur? Om inte borde alla få chansen att prova på det. Han tänker på bomull ytterligare en stund men tröttnar sedan på det. Är det som han uppfattar som existens någonting abstrakt mellan dröm och verklighet – ett tomrum, en tunnel, ett bottenlöst hål, ett vakuum? Långsamhet är vackert, sägs det. Av vissa. Andra stressar jämt och eventuellt finner de skönhet i stressandet. För tillfället kom tankar till honom som om de först tvunget passerade genom en hink med trögflytande sirap. Lönnsirap kanske? Segt, trögt. Om det är speciellt vackert med långsamhet vill han helst låta vara osagt. Är hans tankar och reflektioner kloka, logiska? Svårt att avgöra. För att inte säga omöjligt. Hur som helst hade det varit gott med lite sirap. Sötsugen. Naturligt gott. Den andra viktiga iakttagelsen är att det inte bara är onaturligt tyst, det är även rejält varmt. Det hettar i kroppen, rent av strålar ut värme från hans inre. Ska absolut gå att åtgärda, resonerar

Kalle Bruthus med sig själv. Tänkt och försöka duger. Först av med rocken, därefter ulltröjan, och sedan …Men det här är det tredje som överraskar honom, han kan knappt röra sig. Är jag död och begraven samt har jag på något outgrundligt vis hamnat i skärselden? Är det möjligt att det ska lukta på det här viset då? Kalle Bruthus försöker analysera vad det är som luktar: Hampa, blod, vapenolja och något mer … Lönnsirap kanske?

– Nej, sån tur har jag väl inte, skrockar han för sig själv.

Och fortsatte:

– Jag är ju rätt rolig om jag får säga det själv. Vem skulle kunna hindra mig, jag säger vad som faller mig in, det är ju bara jag här. Och vad är det med mig och lönnsirap egentligen, det måste ju finnas andra typer av sirap?

Plötsligt uppstod ett ljud. Det liksom "klapprade". Ett hårt ljud, distinkt!

Javisst:

– Klapper klapper klapper.

I sitt märkligt diffusa tillstånd tar det en stund innan han kan lokalisera varifrån ljudet kommer. Överraskande nära visar det sig. Ljudet kommer faktiskt från honom själv! Pinsamt. Det åstadkoms när hans käkar slår ihop okontrollerat. Mina stackars tänder. Vad ska min tandläkare säga? Hon som är så trevlig och dessutom har hon ju extremt små fötter, tänker Kalle Bruthus. Långsamt går det upp för honom att han har frossa. Närmare bestämt köldfrossa. Han är inte alls varm, tvärtom är han kall och frossan är kroppens försvar för att hålla igång livsviktiga kroppsfunktioner. Hypotermi. Han kom ihåg en hel del av det som lärdes ut i det militära. Inte att leka med: Förvirrat beteende, att ta fel beslut låg nära till hands, den kritiska kroppstemperaturen kunde variera från person till person, men hamnade man under "sin" temperaturgräns kan det vara dödligt. Långsamt tonar frossan bort och lämnar honom utmattad av kroppsbrytningarna han fick utstå. Jag hoppas att min hjärna värmdes upp åtminstone lite av frossan, tänker han men tillåter sig samtidigt att tvivla på resultatet. Trots tankesvamlandet inser Kalle Bruthus att han är riktigt illa ute, att han långsamt närmar sig en kritisk nivå som han inte upplevt tidigare. Om han passerar denna undre nivå i kroppstemperatur finns det ingen återvändo, men den avgörande frågan är om han verkligen bryr sig?

– Jag är liknöjd. Någon kommer att råka på ett nöjt lik här på skäret. Ett lik med ett stelnat fånigt brett flin. Eventuellt ett lik som är inlindat i bomull. Vem kan tänkas ha utfört det? Nä, jag är förmodligen inte på väg att bli mumifierad, känner inte ens någon egyptier, mumlar han fram.

Någon kommer att finna mig som död och obegraven. Öronen har rävar ätit upp. Ögonen har korpar och kråkor kalasat på. Ingen vacker syn. Men kanske det fåniga breda flinet består eller i vart fall kan anas. För sitt inre ser och betraktar han sin kropp från ovan. Svävar, en märklig och fridfull vy, en fascinerande överblicksbild. Andemeningen med en skeppssättning, men i det här fallet bildade stenarna i skjutskåren närmast en halv skeppssättning mellan kroppen och havet. Och vem har hört talas om det? En halvmesyr till skeppssättning. Nå, hur som helst, så här kan det beskrivas sett från ovan: Kroppen ligger utsträckt i skåren som består av stora stenar som delvis omger honom närmast på ett ceremoniellt sätt och han har sin favorit bredvid sig in i döden. Nej, stopp och belägg, samt passa även på att stryka flagg och skalka luckorna! Det finns visserligen likheter med en vikingahövdings storståtliga begravning men det är inte en kvinna – en jungfru eller liknande – vid hans sida. Inte heller en häst, en hund, eller ens ett marsvin. Nejdå, det är hans favoritvapen. Den dubbelpipiga Husqvarnan, kaliber 12 med utvändiga hanar och två avtryckare. Engelsmännen har ett målande visuellt uttryck för detta,

"Side by side", sida vid sida, men tråkigt nog syftar det inte på någon storstilad hövdingabegravning, utan är en beskrivning av ett slikt vapen som han har. Gevär med piporna bredvid varandra. Men är det inte på det viset att han sviker sin syster och hennes familj? Att bara ge efter för kylan, likgiltigheten. Modfälld, trött, handlingsförlamad och bara somna in. Kalle Bruthus har hört berättelser, historier och eller skrönor, det är ibland svårt att veta vad som är vad, om dels förfrysningsdöden och dels drukningsdöden. Hela skalan är representerad. Allt från fridfullt insomnande till djävulskt lidande.

Ja, jag, Kalle Bruthus är verkligen här på vårt, Kurres och mitt, skytteskär. Så mycket stämmer och är sant på hedersjägareord. Men jag är här helt på egen hand och varför jag är här ute detta nådens år 1942, medan det pågår ett stort krig och det dessutom har passat på att vara den kallaste vintern i mannaminne, ja det kan man verkligen fråga sig?

När jag för några veckor sedan berättade för min syster Ingrid att jag skulle bege mig ut till min ö i ytterskärgården och stanna kvar under hela vårjakten, tittade hon på mig med sorgsen blick och sa:

– Käre bror, jag vet att du inte har varit där ute sedan Kurre försvann, men han kommer inte tillbaka. Hur smärtsamt hjärtskärande det än är för dig måste du inse och acceptera att din Kurre är borta för alltid. Du är som besatt av hans öde och för all del även av sjöfågeljakten. Jag vet också att du är egensinnig. Men snälla du, stanna hemma hos oss!

Jahaja, så gick det med övertalningsförsöket. Egensinnig för henne va! Nu ligger jag här på skäret, farligt nedkyld och envis som synden. Förtjänar förmodligen epiteten "den utsatte" och "den hårt prövade". Kan jag åtminstone erkänna att jag ångrar mig? Ja, jag ångrar mig. Men nu har jag ytterligare en valsituation. Endera ligga kvar och låta kylan ta mig, frysa mig stel och kanske hinna med att utröna var på skalan förfrysningsdöden passar in. Eller visa tåga och kampvilja, upp på benen och kom igång! Ska jag vara helt ärlig mot mig själv, det bör och ska jag vara, är jag fullt medveten om den egentliga anledningen till att jag är här ute nu i år. En självutnämnd bestraffning. Javisst, jag förtjänar att straffas eftersom jag hade allt. Det som var viktigt för mig fanns i min närhet, men jag lyckades förstöra det och förlorade i stort sett allt. Sådant beteende är tvunget att bestraffa, att det blir konsekvenser som märks av ordentligt och jag är på god väg att lyckas, men då inträder tvekan i handlingen. Borde jag haft en tagelskjorta närmast kroppen, en tagelskjorta som är full av löss? Allt kliande från gethåren i tagelskjortan kan ha sin fördel i och med att man håller sig varm. Sluppit köldfrossan.

– Neeej, inte nu igen!

Jag försöker att kämpa emot men köldfrossan är ostoppbar och den intog min kropp på nytt. Det intensiva klapprandet med tänderna gick inte heller att stoppa. Min tandläkare med de små fötterna kommer att undra vad jag har haft för mig om det blir så att vi ses igen …

Puh, äntligen fick jag bukt med frossan, men jag inser att det bara är tillfälligt.

Jag mumlar för mig själv någonting som gör att jag ändå måste småle:

– Det var inte bättre förr. Men det är värre nu.

Jag upprepar mig tre gånger och funderar på innebörden. Har jag verkligen kommit på dessa visdomsord själv? Förmodligen inte. Hur som helst, jag måste upp nu, visa att jag är av det rätta virket, få bort tyngden, nödvändigt att jag kan röra mig, göra en åkarbrasa, en klassiker för värmens skull. Med en viljeansträngning lyckas jag få undan det som tynger mig, ja bokstavligen tynger. Med både armar och ben trycker jag uppåt med all kraft jag kan uppbåda för tillfället och jag lyckas sätta mig upp. Snö i ansiktet. Snö överallt faktiskt. Jag tittar mig förvånat omkring och kan konstatera att det har snöat minst sagt ymnigt. Hur länge har jag legat här under presenningen? Minst ett par timmar, kanske tre. Nå, nu fick jag i alla fall förklaringen till den märkliga tystnaden och tyngden. Några decimeter snö på kort tid. Vilken vinter det har varit och vilken kall vår det är. Om det nu är försvarbart att kalla det som pågick för vår, eller om det är vintern som fortsätter? En Fimbulvinter som inte ger med sig utan pågår i tre år och ska förebåda Ragnarök – tids ände. I skolan hade han fått läsa om de kalla perioderna under medeltiden. Speciellt under 1600-talet var det kylslaget. Var det här början på en liknande kall period? Jaja, ingenting jag kan göra någonting åt. Det som gäller är att försöka överleva här och nu. Får inte glömma åkarbrasan. Jag utför den sittande, en sorts halvmesyr, och ser mig samtidigt omkring. Vitt, vitt, vitt, ett ytterskärgårds– och havsislandskap som går helt i vita nyanser, det är bara himlen med sitt molntäcke som går i grått. Enligt uppgift från förra veckan är hela Östersjön fortfarande täckt av is. Sedan den israpporten har inte vädret och kylan ändrats nämnvärt trots att det är i början av april månad. Det finns ingen anledning att tro något annat än att isen fortfarande härskar på hela Östersjön. Tredje dagen som jag är här på skäret till ingen nytta. Jag tänker på det min syster sa till mig i all välmening, att jag är besatt. Kanske det är rätt ord. Kanske är det ett ord som bäst beskriver det jag håller på med här ute. Besatt av Kurres öde. Beträffande Kurres öde är det blankt, lika blankt som lugnt vatten, oändligt blankt. Besatt av jakten. Man kan inte kalla det för ett rationellt beteende. Nej, att tro att det är själva sjöfågeljakten som jag söker denna vår, det skulle vara att försöka lura mig själv. Självbedrägeri, kanske det till och med kan kallas själsbedrägeri. Det är helt utsiktslöst att det skulle finnas sjöfåglar här ute nu med de isförhållanden som råder och för all del har rått i flera månader. Sjöfåglar som dykänder behöver öppet vatten för att kunna dyka ner till botten efter föda såsom blåmusslor och små kräftdjur. Isen omöjliggör överlevnad här och nu. Att den lilla isråken vid skärets södra udde ska ändra på sakernas tillstånd är inte tänkbart. Sjöfåglar flyger inte över is på det sättet, inte så långa sträckor för att finna öppet vatten. Nix, men här har jag alltså redan suttit i ett par dagar och nu den tredje dagen har jag mestadels intagit horisontellt läge. Är jag deprimerad? Sorgearbete? Vad är straffvärdet? Vi hade det fint, Kurre och jag. Jag får vara tacksam för den tid vi fick och nu behöver jag försöka gå vidare med mitt liv utan honom.

Sluta grubbla och sluta upp med att tycka synd om mig själv. Egentligen inser jag att det är närapå löjligt. Det är mina tankar som går i cirklar, kommer tillbaka till samma plats. Jag är ju bekant med överblicksbilder, se från ovan, tillbaka i tanken likt en mental looping. Tänk på Kurre, hans goda humör och hans energi och …Ljud nu igen, det börjar bli en vana, eller jag kanske håller på att skaffa mig en ovana? En ljudovana. Vem har hört talas om något sådant, haha? Ingenting att skämta om. Det ÄR ett ljud och nu är det INTE jag som åstadkommer något sådant, det är jag helt säker på. Jag har svårt att avgöra vad det är för ljud, det låter mer som ett läte. Ett klagande ljud, kanske från ett djur i nöd?! Kan djuret sitta fast i en fälla? Men det finns inga fällor här. Vilket djur kan det vara? Jag kan egentligen bara tänka mig utter eller räv. Eller möjligen en hare. Harar kan uppbringa märkliga ljud när de är i dödsångest. Men en hare här ute nu bland all is och snö? Det finns inte någon som helst föda för en hare här ute på de träd– och busklösa skären. Ljudet upphör. Jag bedömer att ljudet kommer från en plats bortom den snötäckta skåren. Avstånd? Svårt att avgöra, men måste jag gissa så säg inte mer än ett tiotal meter. Jag gör en tyst åkarbrasa i ultrarapid, måste försöka bli varmare, sirapen behöver bli tunnare, mer som lätt rinnande. Ljudet på nytt, nu närmare och mer som stönanden och grymtanden. Vad det än är som åstadkommer ljuden ska jag vara beredd på vad som helst, det här liknar ingenting jag varit med om tidigare. Jag sträcker mig efter min hagelbössa och så tyst som möjligt spänner jag vänster hane. Jag har tränat på detta otaliga gånger och det går absolut att spänna hanar helt ljudlöst. Men helst inte med köldstela fingrar och händer. Vilket skulle bevisas. Det knäpper till, ett metalliskt ljud, inte högt men absolut ett hörbart ljud. Vänstra pipan är mer trångborrad än den högra. Blir det kort skjutavstånd är den högra pipan ett alternativ att beakta. Jag spänner även den högra hanen nästan ljudlöst.

Här sitter jag med hagelbössan framför mig i midjehöjd och med bösspipan riktad snett uppåt med blicken på skårens övre kant. Den halvcirkelformade snöklädda stenskåren orsakar en död vinkel framför mig. Vad som finns mellan skåren och området ner till iskanten går inte att se från positionen där jag sitter. Om jag reste mig upp skulle jag få överblick utom när det gäller området allra närmast skåren. Nu hörs ljud på nytt, närmare, högre, mer olycksbådande. Jag håller min Husqvarna i ett allt hårdare grepp. Ser mig omkring, nej det finns ingenting oroväckande bakom mig eller på sidorna. Det möjliga hotet kommer framifrån och det är inte långt borta. All denna snö. Och dessa ljud, vad är det som åstadkommer dem? Vad är det som väntar mig på den andra sidan? Skåren är som en mur. För välgjord, inga glipor? Jodå, de finns såklart, men snön har täppt till alla kikhål. Men för i helvete! Apropå snö som täpper till, jag har inte kontrollerat bösspiporna. Snö i dem och det kan orsaka en pipsprängning när vapnet avlossas! Då blir jag inget vackert lik. Då blir jag ett lik med ett sargat ansikte, ett sargat huvud. Fäller vapnet så tyst som möjligt och får ur de två hagelpatronerna med kalla fumliga fingrar. Kikar kontrollerande genom de båda piporna. Okej, lite snö vid mynningen i högerpipan men inte tillräckligt för att orsaka någon skada. Det är i alla fall min bedömning, törs chansa på att det stämmer. In med patronerna på nytt, gör vapnet skjutklart. Spänner återigen båda hanarna för att vara beredd på allt. Nåja, nästan allt. Ljud på nytt och nu även rörelse alldeles bakom skåren. Äntligen visuell kontakt! Bättre det än ovisshet. Samtidigt märker jag att köldfrossan tvingar sig på mig på nytt! Nej, nej, inte nu! Bössans mynning far lite hit och dit när jag åter börjar skaka och i samma ögonblick ser jag ett vitt huvud höja sig upp över skjutskåren och ett par stora runda mörka ögon tittar på mig! Det som höjer sig allt mer över skårkanten rosslar ljudligt och är nu på väg in i skjutskåren. Jag stirrar på det vita huvudet med de stora runda ögonen – en stor vit säl är nu bara tre meter bort! Frossan får mig att fortsatt skaka, men jag lyckas hålla hagelbössan framför mig i midjehöjd och bösspipan är riktad snett uppåt, mot den stora sälens huvud och kropp. Nu går det snabbt. I samma stund som det ser ut som om sälen ska tippa över kanten på skåren skjuter jag! Knallen är enorm och jag känner en intensiv smärta i magen. Jag kastas baklänges och ligger och vrider mig i kramp och plågor. Det finns ingen luft, det går inte att andas. Jag ligger i fosterställning ytterligare en stund och kippar efter andan. Luft börjar åter finnas för mig. Frossan ger sakta med sig. Jag försöker andas lugnt och dessutom förstå vad som just har inträffat. En stor vit säl har tagit sig upp på skäret och den måste ha kommit upp ur isråken vid udden. Det enda öppna vattnet, men sälar behöver komma upp och andas då och då. Skulle sälen ha haft flera andningshål i isen som den hållit öppna eller hade den bara haft råken som sitt andningsställe? Märkligt men inte omöjligt. Varför skulle sälen absolut upp på skäret och varför de märkliga ljuden? Inte typiska sälläten som jag känner dem. Magen smärtar ordentligt och det har sin förklaring. Jag tittar på mitt vapen. Med bössan en bit framför mig i midjehöjd har jag lyckats med konststycket att fyra av båda piporna samtidigt. Ett dubbelskott med en rekyl rätt i magen, hur korkad får man bli egentligen? Är jag skärgårdens clown? Eller ett agerande som hämtat ur en Bellmanhistoria: "Det var en gång en rysk, en tysk, åsså va de Bellman som ropade för allt vad han var värd "EN SVENSK TIGER". Både rysken och tysken sköt mot den stackars Bellman som ..." Strunta i den där skojaren Bellman. Dubbelskottet – det är som om att be om att en häst ska vara så vänlig och sparka en i magen. Förmodligen samma effekt. Det vill jag aldrig göra om. Är det fel att spänna båda hanarna samtidigt? Ja och det vet jag ju egentligen. Inte att undra på att jag tappade andan. Det kunde ha gått mycket värre, till exempel brutna revben. Magen fick ta värsta stöten, men skulle det vara så att jag brutit eller knäckt revben lär jag inte känna det på allvar förrän i morgon, eller senast i övermorgon. Men var är sälen? Blev det träff? Om jag missat kan jag skylla på köldfrossan, men på det här korta avståndet går det väl inte att skjuta bom ... Eller? Hade Kurre varit med mig nu hade han skrattat så att han hade fisit om jag hade lyckats missa på det här korta avståndet. Träff innebar massor med fantastiskt gott kött. Späcket kan jag vara utan men själva köttet är en delikatess. Sälkött med pepparrot. Det kan knappast bli godare och nu när det är så ont om bra kött över huvud taget. Jag kommer att tänka på det gamla talesättet: "Du ska inte söka sälen, du ska söka isen." Med stor sannolikhet mycket giltigt och klokt under normala förhållanden, men det är bara det att i år är ingenting normalt. Eller vad ska man säga om det som inträffade alldeles nyss?! Vem har hört talas om att sälen söker upp jägaren? Jag kryper fram till skåren och tittar över den och ner mot den snötäckta isen. Javisst har jag träffat. Sälen har kastats bakåt av de dubbla svärmarna med hagel och glidit på rygg ner till iskanten. Där ligger den nu med blod som bubblar fram några decimeter ner på överkroppen. Det syns att sälen fortfarande är i livet men den är knappast i stånd att smita genom att ta sig ner i isråkens vatten.

– Nej, försök inte. Du är min nu, bara min! säger jag samtidigt som jag klänger över skåren och börjar åka kana som den lekfullaste utter ner mot den skadeskjutna sälen.

Med kniv ska jag avsluta det hela. Det bästa är att helt enkelt skära halsen av den kraken. Jag distraheras i mina funderingar av att det ligger någonting i snön. Det är en vit stövel.

4

FRÅN TOPP TILL TÅ

EN ISANDE STUND, i dubbel bemärkelse. Jag sitter alldeles stilla i snön och inser att det inte är någon säl som ligger på rygg med blod som bubblar ur bröstet. Det är inget djur – det är en människa! Och det är jag som har skjutit denna människa! Det är en människa som rör på sig och jämrade sig svagt. Vad kan jag göra? Ett dubbelskott från ett 12-kalibrigt hagelvapen som är laddat med grova hagel och som träffar rätt framifrån i brösthöjd, avlossat på bara några meters avstånd. Döden borde ha varit i stort sett ögonblicklig. Chockverkan, kollapsade lungor, kraftig blödning. Hur kan denna människa fortfarande vara vid liv, ja hur kan det vara möjligt? Jag närmar mig långsamt, böjer mig fram och tar försiktigt tag i den välgjorda vita skinnhuva som täcker hela huvudet förutom de två hålen för ögonen. Sakta drar jag av huvan och en mans bleka ansikte blir synligt. Mannen stirrar rätt upp och han rör lite på armarna samtidigt som han försöker forma munnen till ord utan att lyckas särskilt väl. Jag lutar mig fram och håller hans skinnklädda högra hand mellan mina båda händer.

– Ja, säger jag och väntar.

Mannen försöker på nytt få fram ord och jag försöker tyda vad det är mannen säger:

– Hell me. Vi vi. El doktor.

Och så upprepar mannen orden, i stort sett ordagrant:

– Hell me. Vi vi. Doktor el.

Mannen säger ingenting mer. Ännu andetag men nu allt långsammare …sedan är han borta, död. Hans hand blir slapp och faller ur mitt grepp.

Mannen som nu ligger framför mig är helt klädd i vita skinn, troligen sälskinn. Välgjort och förmodligen sydda just för denne man. Varför är allt i vitt? Minimera risken att bli upptäckt? Kamouflage för jakt? Smyga sig på sitt villebråd, kanske för säljakt. Vad syftet än hade varit med att klä sig på detta sätt har de vita kläderna på sätt och vis orsakat hans död. Att jag tog honom för att vara en säl, en ovanligt stor säl. Det var en olyckshändelse, ett vådaskott. Ett antal olyckliga omständigheter. Hade jag insett att det var en människa bakom masken hade jag naturligtvis aldrig skjutit! Aldrig i helvete!

Vitheten förvånar mig. Sälskinn är knappast så här vita. I grunden är det förmodligen ljusa sälskinn som har färgats för att bli så nära helt vita som möjligt. Mannens stirrande blick, rakt upp, in i evigheten. Jag sluter hans ögon och tänker på hur gammal han kan ha varit. Gissar på min ålder eller möjligen något äldre. Hans ansikte är tärt, kanske av ett hårt liv med umbäranden. Det fick honom troligen att se äldre ut än vad han var. Den skinnklädda hade förmodligen sett mycket bra ut, innan det hårda livet tog vid. Jag la märke till att hans sälskinnsanorak var sydd i tredubbelt skinn över bröstet där skotten träffat. En rejäl ficka var påsydd utanpå själva anoraken, hade gett ett visst skydd mot hagelskotten men tyvärr hade det inte varit tillräckligt. Anoraken hade även en klassisk huva. Det gick alltså att använda den om man inte önskar ha den heltäckande huvudbonaden.

– Varför hade du inte bara huvan uppe, då hade jag sett ditt ansikte och då hade det här inte behövt hända?! mumlade jag mest för mig själv.

Nej, det var bara för mig själv. Jag har många frågor. Troligen ska jag inte få några svar.

Min initiativförmåga är inte den allra bästa för tillfället. Ingen frossa på ett tag och det är ju såklart positivt. Här står jag bredvid en man som jag skjutit, dödat. Jag är förmodligen i chock, ett tillstånd som gör mig handlingsförlamad, en sorts låt gå-mentalitet har tagit över mitt tänkande. Att jag gjorde en självdiagnos som kom fram till att jag troligen är i chock är i sig märkligt och tyder på att jag verkligen befinner mig i chock ... Eller? Jag är tvungen att skärpa mig. Vad skulle vara bäst just nu? För tillfället vill jag ha svar på frågor som till exempel: Vem var denne man? Varifrån kom han? Det gick att se mannens spår en bit ut på isen. De kom in från havsisen i riktning från sydsydost och det såg ut som han mestadels krupit eller ålade sig fram, förbi isråken och upp på skäret. Ett hundratal meter ut på den snötäckta havsisen gick det att se mannens spår. Längre ut än så är de utplånade av det ymniga snöfallet som pågick när jag låg under presenningen. En annan viktig fråga är vad han gjorde här ute i det yttersta havsbandet? Och var finns hans utrustning? Man rantar inte omkring här ute utan någon som helst utrustning. Visst, mannen har rejäla och troligen ändamålsenliga kläder. Frågan är vilket ändamålet har varit? Var han ensam eller hade han sällskap av fler likasinnade, skinnklädda individer? Visste mannen att jag befann mig här på skäret? Hade han sett mig och var avsikten att söka upp mig, att träffa mig? Om så var fallet – av vilken anledning? Ville han ha min hjälp eller hade han andra avsikter, onda avsikter? Inga vapen som jag hade kunnat upptäcka. Kanske hade mannen gömt något vapen?

Det finns berättelser om eremiter som bor i en grotta i skogen, men knappast överförbart i det här fallet, här ute vid havet. Ensling som bor i någon liten stuga eller sjöbod. De närmaste är min lilla stuga och min sjöbod och där fanns det ingen enstöring senast när jag kollade. Jag kan inte låta bli att le trots all bedrövelse. Senast var ju tidigt i morse innan jag skidade ut hit till skytteskäret. Och inga spår i snön idag eller någon av de tidigare dagarna. Kan mannen ha rymt från ett mentalsjukhus, i tron att han var en säl? Gått helhjärtat in i sin övertygelse att han var en säl och skulle leva sitt sälliv, försöka hitta en sälhona, hålla fiskdiet. Stopp och belägg, nu far fantasierna och teorierna iväg. Kläderna är väldigt speciella. En soldat? Specialstyrka? Marin koppling. Kommandosoldat, attackdykare, marine seal, en navy seal?! Mitt i det fruktansvärda kan jag inte låta bli att le åt min lek med ord. Fyndigt – navy seal! Är det verkligen en soldat, en sorts krigare, som ligger framför mig i snön? Det pågår ju ett storkrig, bland annat på andra sidan Östersjön. Min systers man, Orvar, har två bröder och en av dem hade varit med i Svenska frivilligkåren och stridit för Finland mot ryssarna. Sixten som han heter, har berättat om hur de tog sig fram i oländig terräng när det var mycket snö. På breda skidor och klädda i vit mundering, som lättrörliga kommandosoldater slog de till mot de lede fi … Men nej, det här är någonting annat. En spion som kom in från isvidderna till den svenska skärgården. Återigen, var fanns mannens utrustning? Kanske en desertör! Återigen, var fanns …? Tycka och tro vad man vill om den här mannen men han reste verkligen med lätt packning. Jag kollade i den sönderskjutna stora bröstfickan och i byxornas två framfickor, men där fanns ingenting. Märkligt, någonting har man väl i alla fall i fickorna! Kanske inte sitt pass och identitetshandlingar alla gånger när man är ute på isen, men en kompass, nycklar, fickkniv, tändstickor, tobak, men som sagt, inget av detta. Nej, mannen är ett mysterium. I alla fall för mig. Var det någon som visste att mannen var här? Någon som skulle sakna honom? Som väntade på denne man? Anmäla honom som försvunnen? Polisen igen – inte speciellt lockande framtidsutsikter. Jag tänkte på det mannen sagt, eller i alla fall försökt säga. På vilket språk? Engelska, eller var det kanske spanska, eller både och?

Vad ska jag göra nu? Vad kan jag göra? I ett uppgivet tillstånd vet jag inte vad jag ska ta mig till. Ska jag lägga den döde på min pulka och släpa honom över isarna genom skärgården till civilisationen? Se till att han blir hittad i någon hamn eller liknande, utan någon som helst koppling till mig.

Eller erkänna vad jag gjort.

– Här är en död man och det var jag som dödade honom.

Men hävda att det var en tragisk olycka. Skulle jag bli trodd? Högst osäkert.

Villrådig och rastlös börjar jag gå omkring på skäret. Pulsar i snön och tar mig upp på högsta punkten. Horisonten runt finns det ingenting annat att se förutom snöiga skär och öar inåt skärgården i väst till nord och ett snötäckt isbelagt hav i sydvästlig till nordostlig riktning. I stora drag är det allt men jag ser skönheten i detta trots mitt vilsna, chockade tillstånd. Ute i sydväst ljusnar det bland molnen och det snöar inte alls för tillfället.

– Det får räcka med snö nu, mumlar jag för mig själv.

I samma stund som jag börjar gå tillbaka till skåren bryter solen igenom molnen och det är en stund av magisk skönhet i utskärgårdslandskapet. Jag stannar, ser mig omkring och blir påmind om ett av de starka skäl som gör att jag trots umbäranden helt enkelt måste ut hit. Gång på gång. Ja, man kan kalla det att vara besatt men då är jag besatt av någonting fantastiskt vackert. När jag tittar ut mot de till synes oändliga havsisvidderna hajar jag till! Ser jag verkligen rätt, är det en lång skugga ute på isen? En skugga av vad? Det finns ju ingenting där! Solen går åter i moln, magin är bruten och skuggan är borta. Men jag är säker på att jag såg en skugga, där ute, långt där ute. Uppskattningsvis är avståndet två kilometer, inte kortare än en och en halv och inte längre än två och en halv. Med min fickkompass tar jag ut en ungefärlig bäring till platsen där skuggan var synlig. Nära nog 90 grader, alltså i ostlig riktning. Vad det än är som finns där ute på isen har det med den skinnklädda att göra. Jag är helt övertygad om det och jag måste ta mig ut dit till platsen för skuggan. Vad har jag att förlora? Å andra sidan, vad har jag att vinna? Insikt, vetskap, stillad nyfikenhet. Det räcker mer än väl som skäl för mig.

5

DEN FLYGANDE HOLLÄNDAREN

SNÖN FALLER PÅ nytt och den döde mannen blir långsamt täckt av snö. Jag skakar av snö från min ryggsäck och borstar av hagelbössan med hjälp av en vante. I ryggsäcken finns det ett par smörgåsar och en termos med honungssötat te. Äter smörgåsarna och tar klunkar med halvljummet te. Mer för att jag behöver det än för att det är gott. Hur ser planen ut? Jo, jag skidar ut på havets is mot öster och löser gåtan med vad som kastade en lång skugga i snön! Häpp! Bra plan där Kalle, intalar jag mig och det verkar kanske vara en enkel match men jag behöver tvunget inse att jag har ingen aning vad det är som väntar mig där ute. Jag har bara mig själv att lita till, det finns ingen som helst hjälp att få. På med skidorna, stavarna i händerna, kompassen i en ficka och hagelbössan på ryggen är den utrustning jag har och står och går i, eller rättare sagt, åker i. Tar ut kurs mot öster och iväg på skidorna. När jag har hunnit åka några hundra meter kommer jag att tänka på att jag aldrig laddade om Husqvarnan efter den olycksaliga dubbelavfyrningen.

– Faan, hur korkat slarvig och glömsk får man bli, fräser jag till mig själv.

Vänder om och muttrar:

– Det man inte har i huvudet får man ha i benen, brukade min pappa säga.

Det visar sig här och nu att han visste vad han talade om! Förmodligen av egen erfarenhet.

Väl tillbaka på skäret tar jag fram både ryggsäcken och skjutrocken som ligger under presenningen, skyddade mot snön. För varmt och otympligt att skida med rocken på, men i de stora fickorna finns det några hagelpatroner och jag plockar även fram patroner ur ryggsäcken. Jag laddar Husqvarnans båda pipor samt har även tillgång till fyra extra patroner som jag lägger i byxornas framfickor. Redo. Mot ost! Jag hinner bara ut på isen när plötsligt ett metalliskt ljud hörs! Det är ett klämtande ljud, likt en stormklocka som varnar för ett annalkande oväder. Påkallar uppmärksamhet, vems uppmärksamhet? Det är knepigt att avgöra från vilket håll ljudet kommer. Så dör ljudet ut lika plötsligt som det börjat. Spöklikt och även om jag inte tror på andeväsen, spöken och "tasse", ryser jag i hela kroppen. Är det inte frossa är det rysningar, brrr. Jag börjar bli gammal, för gammal för sånt här otyg.

Snöfallet tilltar i intensitet och flingorna är stora. Det är i stort sett vindstilla och det har börjat skymma. Sikten är inte den bästa och den lär bli ännu sämre ju mer det skymmer. Jag hoppas att det slutar snöa för det skulle göra att det blir betydligt enklare att spana efter spöken och troll, eller vad det nu är som finns där ute? Om solen inte tittade fram förut när jag dessutom råkade stå där på berget hade jag aldrig upptäckt att det finns någonting ute på havsisen. Om det är bra eller dåligt att detta hände får visa sig. Det är verkligheten som gäller, trots att känslan av overklighet kommer till mig och gör mig osäker.

Snön faller fortfarande minst sagt ymnigt och det i kombination med att det blir allt mörkare gör siktförhållandena mycket besvärliga.

Här befinner jag mig nu, ute på isen, kan sägas vara havets tassemarker och insikten gör mig inte bättre till mods. Jag kommer att tänka på en av mina förfäders varningar, som jag fick när jag var i sjuårsåldern: "Passa dig för Tasse när du är ute i vildmarken!" Om Tasse själv hade något med tassemarkerna att göra framgick tyvärr inte. Men så här långt senare kan jag tycka att det är troligt ...

Hela tiden tittar jag växelvis åt sidorna. Kanske kan jag som mest se ett trettiotal meter åt vardera sida, kan bara hoppas att det räcker för att få syn på det jag letar efter. Vid varje kompasstopp passar jag på att lyssna. Håller jag andan kan jag höra hur snöflingorna landar på mina kläder, så pass tyst och stilla är det. Skulle den klämtande klockan plötsligt dra igång på nytt skulle jag antagligen skita på mig. Inte det minsta tilltalande. Får försöka stålsätta mig och vara beredd på allt. Enkelt att tänka, men svårt att genomföra. Nu måste jag ha skidat avståndet till skuggan som jag uppskattade från skäret. Förmodligen förbi till och med. Okej, några hundra meter till sedan vänder jag tillbaka om jag inte upptäckt något.

Ingenting. Dags att börja söka på någon av flankerna. Höger sida eller vänster sida? Till höger om mig har jag söder som jag står nu med näsan pekande österut, provar där först. Jag åker ett sextiotal meter rakt söderut, kurs 180 grader. Kontrakurs mot min tidigare ostliga kurs blir alltså rakt västerut, 270 grader. När jag har åkt ytterligare i några minuter mer anar jag än ser att det finns någonting på isen till vänster om mig. Jag försöker fokusera men det är när jag förflyttar mig ett tiotal meter närmare som jag ser konturerna av något som befinner sig på isen. Jag förstår att det som finns framför mig är Sälmannens. Det gick att hitta och skam vore det väl annars. Nu är det nära, kanske bara tjugo meter till platsen där det bör gå att få svar på vissa av frågorna och förhoppningsvis får mystiken kring den döde mannen en förklaring. Jag lossar på skidbindningarna och ställer skidorna i snön med stavarna bredvid. Hagelgeväret görs skjutklart. Jag vet att det är laddat och någon snö lär inte ha tagit sig in i piporna. Spänner så tyst som möjligt den ena hanen, den högra, och går sakta mot det som står på isen. Geväret håller jag i höger hand och inga fingrar nära avtryckaren till högerpipan. Skott ska inte avlossas oavsiktligt. Inte denna gång. Stannar, lyssnar, tittar. Sakta går jag ett varv runt ekipaget. Jag kan konstatera att det inte är några spår i snön runt farkosten. Det är en liten båt som står på en släde, eller kanske kälke är en bättre benämning, med någonting undertill som liknar korta breda skidor och de är fyra till antalet. En stäv sticker fram och det går även att ana båtens akter som har akterspegel. Det allra mesta är dolt under ett stort tyg, kanske är det segelduk eller en presenning, som hålls uppe av en stång. Påminner om ett tält, ett ryggåstält. Och stången i sin tur hålls på plats av minst två klykor, en i stäven och en i aktern. Lutningen på tältets tak är så pass brant att snön faller av. Vid båtens stäv sticker stången ut ett par decimeter från själva duken. I stångens ände är en liten stormklocka fastbunden. Och allt är vitmålat! Till och med stormklockan. Alldeles tyst står ekipaget i snön på isvidden, som ett litet spökskepp. Likt en miniatyr av "Den flygande holländaren". Nåja, symboliskt möjligen. Det är dags för mig att på nytt rysa, brrr. Nej, nu måste jag skärpa mig, det här duger inte. Någon, eller möjligen någonting, hade fått stormklockan att klämta! Den vita klockan hade inte gjort det av sig själv och det gick absolut inte att tro att vinden fått klockan i rörelse. Då som nu är det kav lugnt. Min röst, hur ska den låta, kraxig som en kråka?

45

Jag harklar mig ljudligt och följer snabbt upp harklingen med att ropa:

– Hallå, är det någon här?

Inget svar, ingen som helst reaktion.

Jag provar igen:

– Hallå, jag vill er inget ont. Kom fram så att jag ser er. Gå långsamt och gör det nu!

Inte en rörelse. Inget svar. Inte något livstecken över huvud taget.

Okej, är det så ni vill ha det, tänker jag och säger med hög röst:

– Som ni vill. Jag kommer fram till er nu och jag är beväpnad. Lyssna nu noga! Jag vill er inget illa. Men jag tvekar inte att skjuta om jag måste! Alltså: Gör ingenting dumt! Kom fram lugnt och fint. Det här kommer att gå bra om ni gör som jag säger.

I samma stund kommer jag att tänka på att jag borde ha ropat på engelska, eller kanske spanska. Hade det hjälpt? Förmodligen inte. Och förresten kan jag inte spanska. Jag böjer mig fram och lossar på ett par linor som håller segelduken sträckt ner mot kälken. Med hjälp av bösspipan föser jag sakta undan duken så att jag kan titta in under "tälttaket". Får jag nu ett skott i huvudet får jag skylla mig själv! Jag är en finfin måltavla för någon som befinner sig där inne i mörkret. Men ingenting händer. Och tystnaden är total. Långsamt vänjer sig mina ögon vid skumrasket inne i båten. Först är det svårt att urskilja någonting men efter en stund ser jag ett ansikte. Det är en kvinnas ansikte. Kvinnan ligger på rygg och hon blundar. Hennes hud ser genomskinlig ut. Jag vet inte om hon är medveten om min närvaro, men jag kan i alla fall se att hon lever. Hon andas långsamt och tyst. Jag tänker att jag måste försöka prata med henne, men jag vill inte skrämma henne. Om hon sover och jag väcker henne kanske hon blir livrädd.

Förmodligen är hon inte lättväckt eftersom hon inte verkar ha hört mig när jag stod på isen och ropade för en stund sedan. Vad ska jag säga? Vad kan jag säga? Förmodligen är det hennes man, eller i vart fall medresenär, som jag har dödat. Visserligen "råkat döda", men det är knappast någon tröst för henne. Jag puttar lite försiktigt på hennes högra arm.

– God dag, hallå, är du vaken?

Nog kan jag väl dua henne, här ute i skärgården, ja egentligen är vi ute på havet? Vilken absurd situation! Här står jag ute på Östersjöns is och försöker väcka en främmande kvinna, en kvinna vars man jag dödade tidigare i dag! Och hon verkar närapå vara död hon också. Vad ska jag göra nu? Kanske det går att väcka henne på rätt sätt genom att ringa i stormklockan. En tunn lina är fastbunden i stormklockan och leder in under alla de filtar och tygstycken som kvinnan har ovanpå sig. När jag tar tag i linan och drar försiktigt klämtar klockan. Kvinnan öppnar ögonen och tittar på mig. I det dåliga ljuset kan jag inte avgöra om hon ser rädd ut. Jag lägger ifrån mig mitt vapen och tänder en stormtändsticka för att få lite ljus.

– Var inte rädd. Jag är en fridsam person.

Helskotta, vad är det för goja jag stammar fram? Kvinnan ligger alldeles stilla. Ser trött ut.

– Mår du bra? Är du sjuk?

Tänder på nytt en tändsticka. Jag försöker åtminstone få igång ett samtal, men kvinnan kanske inte förstår vad jag säger. Kvinnan sneglar mot sina fötter. Jag tänder ännu en tändsticka och lyfter mycket försiktigt på tygstyckena vid hennes fötter. Jag tittar förskräckt på det jag har framför mig! När jag åter tittar på kvinnans ansikte förstår jag att hon sett min reaktion. Hennes båda fötter, samt det högra underbenet, är sjukligt mörka! Vidrigt blåsvart hud och jag ser även en provisorisk spjälning av kvinnans högra ben. Den stackars kvinnan har drabbats av kallbrand i båda benen och det troligen efter att ha skadat sitt högra ben allvarligt. Förmodligen benbrott, därav spjälan. Så pass mycket vet jag när det gäller kallbrand, som gått så långt att det ser ut som det gör på denna kvinna, att det är akut amputation som gäller. Och det måste utföras på båda hennes ben.

Jag lämnar kvinnan och går ut på isen, bort från farkosten, bort från sjukdom och annat elände. Själv känner jag mig eländigt hjälplös. Kvinnan skulle behöva komma till sjukhus omgående. Att amputation, eller rättare sagt amputationer, är absolut nödvändigt råder det inget tvivel om. Det är död vävnad det handlar om och allvarliga infektioner är en följd och det kan bara förhindras genom att avlägsna de drabbade kroppsdelarna. Jag tänker på min militärtjänstgöring vid Ladugårdsgärde i Stockholm och det som lärdes ut inom sjukvård och livräddande åtgärder. Det hade varit en lärorik tid med kamratskap, fysisk aktivitet och utbildningen till radiotelegrafist var en bonus. Men sjukvårdsutbildningen till trots, det här fallet med den sjuka kvinnan var mig övermäktig. Visst, ett par sågar finns det i min sjöbod på ön. Om jag skulle hämta någorlunda rätt redskap, en vasstandad vedsåg ligger väl närmast till hands, och ställa mig och såga av hennes högra ben vid knäleden och även såga av delar av vänsterbenet, en bit ovanför fotleden … Men till vilken nytta? Kvinnan skulle inte få någon bedövning. Fruktansvärd smärta och risken för att hon skulle förblöda var överhängande. Och om hon mirakulöst skulle klara sig ett tag skulle förmodligen infektioner ta hennes liv. Hon är redan i dåligt skick, svag, utmattad, har förmodligen svultit likt mannen. Professionell vård var långt borta, avlägsen minst sagt. Om jag skulle försöka ta henne till sjukhus måste jag dessutom se till att hon fick i sig mat och dryck, vilket egentligen var ett underordnat problem. Nej, själva transporten och den tid det skulle ta var akilleshälen!

Hon skulle förmodligen vara död, eller i varje fall bortom all räddning, innan jag har fullgjort en transport över isarna till en ö inne i skärgården där vidare transport kunde ta vid. Min del skulle bestå av att släpa, knuffa och dra farkosten hon låg i. Förmodligen skulle det gå, men det skulle gå sakta. Kanske flera dagar innan de skulle nå fram till en möjlig fortsatt transport och det finns inga garantier att det ska lyckas. Tiden var en fiende i detta. Det kommer inte att finnas tillräckligt med tid, det är den bistra sanningen.

6

KOPPARSTENARNAS
RYKTBARHET

ÄLSKADE! HUR KUNDE det bli så här? Tankarna skär i hans huvud. Det gamla löftet, en hederssak. Hans förbannade heder, se nu vad den hade lett till! Ja, det var hans ansvar och skuld, åtagande och samvete. Men när löftet gavs var han ju bara ett barn! Redan då var det mesta ett stort hemlighets-makeri. Och nu långt senare har det gått ut över hans älskade på ett hemskt sätt. Vad kan han göra, vad måste han göra? Svaret är det enda tänkbara, det enda alternativet: Att ställa allt tillrätta genom att rädda dem ur den uppkomna situatio-nen. Till att börja med att tänka klart och logiskt, försöka få distans. Lätt att säga, svårt att genomföra. Men det finns inte något alternativ, det är tvunget att det går att genomföra och nu beror allt på honom. Ensam i stunden. Viktigt att han visar lugn och att han är stark i den uppkomna situationen. Osäker-het och panik hjälper ingen. En sak i taget, beta av vartefter och börja med det mest grundläggande. Han märker själv att tankarna går i en form av rundgång, de kommer tillbaka på nytt, och igen, och igen. Ta tag i någonting grundläggande. Skingra tankarna och gör rätt. Det behöver inte nödvändigtvis gå snabbt, huvudsaken är att det blir bra. Mat är viktigt och det är visserligen hjärtskärande men det har varit tvunget att avliva hundarna en efter en. Det här är den sista, nu slipper han åtminstone dödandet men det innebär också att detta är det sista kött som de har tillgång till. Tillreder köttet med omsorg och tar även vara på hjärta och lever. Tur i all otur att de hittat grenar och en stock som var måttligt infrusna i isvallarna vid Kopparstenarna. De hade verkligen både gett och tagit, de ökända och fruktade med namnet Kopparstenarna som han för övrigt tycker är ett märkligt namn. Hur hade namnet uppkommit? Han kan bara gissa. Egentligen vill han inte tänka på det, men av olika skäl blir det allt mer bråttom att komma iväg på nytt. Likt ett hån. Väntan hade varit lång, rentav oerhört lång. I ovetskap. I fruktan. Men ingenting hände då efter det att han tagit avsked av sin vän och tiden gick. Åren gick. Rykten att vännen dödades. Men kunde det verkligen vara sant? Han, Jaan, hade svurit att inte berätta för någon. Bara invänta tills det att "L" gav sig tillkänna, oerhört viktigt … Varför hade inte "L" tagit kontakt förrän nu, detta onådens år 1942? Många år har kommit och gått sedan den olyckssaliga sommaren. Men han tror sig kunna tolka det som att någon, eller det kanske rör sig om flera, vill honom väl. Varför det är på det viset vet han uppriktigt sagt inte. Lojalitet möjligen. Hans vänskap med den speciella pojken var unik och detta kan vara skälet att "de" – som hade bokstaven L som symbol – valt honom, då som nu. Han vet egentligen inte om det är samma personer inblandade. Dåtid och nutid. Det han tror sig veta är att kvinnan som gav honom "paketet" dödades samtidigt som hans vän. Det var farligt turbulenta tider då som nu och det är svårt, för att inte säga omöjligt, att fullt ut kunna lita på någon. Inte helt sant, han litar på sin fru som han känt sedan de båda var i tjugoårsåldern. Men om han rannsakar även detta som han sett som ett faktum, vad visste han egentligen om hennes bakgrund? I praktiken inte mycket … Stopp! Ska jag börja ifrågasätta henne? Hon som har varit hans stöd i allt och visat en uppoffringsvilja som gjort detta möjligt! Hittills. Tankarna tog honom till ett melankoliskt stadie med funderingar såsom "Som att navigera med hjälp av stjärnor när man befinner sig under en molnig himmel". De som eventuellt vet saker, hört rykten, tolkat, analyserat. Letar de efter mig, oss? Eller väntar de på rätt tillfälle? Iskallt beräknande, att vi ska komma till dem, som offerlamm till lejonets kula? L som i lejon, L som i lurad?

Gotska Sandön kan vara ett alternativ. Bara tjugo kilometer bort, i stort sett rakt söderut. Visserligen en helt annan rutt, men det är händelser som är utanför deras kontroll som har ändrat förutsättningarna på ett dramatiskt sätt. Men hur ska mottagandet bli på Gotska Sandön? Finns det bofasta där, eller kanske bara soldater? Det pågår ett krig med många inblandade och hur ska vi komma att uppfattas? Som spioner? Flyktingar? Ska allting de har med sig, undersökas, beslagtas? Ska de hamna i någon typ av läger, kanske var för sig? Utlämnas, skickas tillbaka till det de kom ifrån? Ska allting sluta med en fullständig katastrof? Inga garantier, hot vart man såg ... Nej, de har trots allt inget val! Det är fortsatt västlig kurs som gäller. Och de har varandra och det är det viktigaste av allt!

7

ETT SÄLLSAMT SLUT

DET HAR FAKTISKT slutat att snöa. Här och där syns stjärnor i revor bland molnen. Jag vänder mitt ansikte upp mot kvällshimlen. Blundar. Kylan biter i mina kinder och tårar tar sig ner och trillar mot snötäcket. Beslutet är mitt, bara mitt, och det är ett oerhört svårt beslut att ta. Utförandet är hemskt men nödvändigt. Alternativen är med stor sannolik ännu värre och minst lika grymma.

Jag står och betraktar kvinnan. Hon ligger i samma ställning och hon blundar igen. Det ligger en kudde bredvid kvinnan och jag försöker ta den utan att hon märker det. Det lyckas nästan. Plötsligt tittar hon på mig och hon ser på kudden som jag håller framför mig och hon verkar förstå vad som kommer att hända. Kvinnans ögon vidgas och det är som om hon vill göra en kraftansträngning och sätta sig upp. Det misslyckas och istället börjar hon vifta med armarna, stormklockan klämtar högt och tydligt när jag pressar kudden mot hennes ansikte. Klockan klämtar under kvinnans kamp och nu är det inte en stormklocka. Det är en dödsklocka – hennes dödsklocka. På mindre än en halv minut är det över. Allt är åter stilla. Jag släpper kudden och går på nytt ut på isen. Mitt skrik hörs förmodligen kilometervis omkring. Men vem mer än jag kan höra det? De som fanns här i omgivningarna har jag dödat denna dag. Jag kom att tänka på Jack Londons bok "Skriet från vildmarken". Långsökt möjligen, men det är hur som helst en tanke som kom till mig i denna stund.

Mörkare än så här kan det knappast bli tänker jag. Både bokstavligen och bildligt talat. Alltså kan det från och med nu bli ljusare, eller också fortsätter mörkret på samma dunkla nivå. Hur som helst, jag kan gå omkring här ute på havets is, skrika, svära och grubbla tills jag stupar, men vem blir hjälpt av det? Svaret är: Ingen, allra minst jag själv. Alla står vi oss själva närmast lär någon stor tänkare ha sagt. Eller var det en stor egoist som sa så? Hursom, nu är det bäst att jag tänker på mig själv och hur faan det ska gå till att klara mig ur denna självförvållade knipa?

Egentligen har jag haft en jäkla otur! För det första att det kommer en till vit storsäl utklädd man och det slutar med en fruktansvärd olyckshändelse och han dör. Därefter ger jag mig inte utan att hitta mannens utrustning och det lyckas jag med. Visserligen bra gjort. Men vad händer? Jo, där väntar nästa stora överraskning bland bråten, i farkosten finns en mycket sjuk kvinna. Jag ser ingen annan utväg än att göra slut på hennes lidande och jag utför ett barmhärtighetsmord. Så väljer jag att kalla det jag utförde, men vad hjälper det? Med min historik är läget extra illa. Kurres försvinnande för tre år sedan är fortfarande ett olöst fall. Ingen kropp har hittats, inte någon levande Kurre heller för den delen. Vad gör jag med de två döda, båten och all utrustning? Att kontakta myndigheterna när jag väl är tillbaka på fastlandet och berätta att det finns två kroppar ute på ett skär i havsbandet är inte speciellt lockande. Att låta kropparna vara där de ligger, på isen, är ett annat sätt. Men nej, det bästa är trots allt att allt försvinner.

Och att det händer, om inte omedelbart, i alla fall så snart som möjligt. Ingen som helst koppling till mig. Hur genomförs försvinnandet på bästa sätt? Jo, med eld och djupa vatten!

Till att börja med måste farkosten med den döda kvinnan tas in till skytteskäret, sedan gäller det att hämta rätt utrustning. Som sagt, först ta itu med båten på kälken, eller var det kanske en släde med fyra korta skidor? Det gick förhållandevis bra att få in ekipaget mot skärets södra udde, intill råken i isen. Genom att binda en lina runt midjan skidade jag med farkosten på släp. Sakta men säkert gick det framåt med kurs västerut. Mannen är nu helt översnöad. Inga spår i snön efter rävar, korpar eller kråkor. Det känns trots allt bra att mannens lik hittills fått vara ifred. Jag lämnar ekipaget med den döda kvinnan alldeles intill där mannen ligger och tar min pulka och lastar den med ryggsäck, skjutrock och presenning och skidar till min ö. Är detta vad som kan liknas vid en lidnersk knäpp, möjligen ett adrenalinpåslag, eller vad är det som händer? Allt kräver planering. Hur ska jag orka med detta mentalt och fysiskt?

Efter en dryg halvtimme är jag vid bryggan på ön. Skidor och stavar lutas mot bryggan, de ska snart användas på nytt. Behöver ha lite energi och vätska. Nötter och vatten får räcka. Det är kallt i stugan men det får bli en senare fråga. I sjöboden hämtar jag ett strömmingsnät – bättre än en strömmingssköte eftersom det skulle bli att överdriva – några linor, ett ankare och några stenar, en fotogendunk som är halvfull, tändstickor finns i fickorna. Ja, det skulle väl vara allt som behövs för att ordna en begravning! Allt lastas på pulkan och så bär det av ut igen. Jag är så jävla trött men det är inte rätt tillfälle att känna efter för mycket. Kämpa på!

Måne och stjärnor. Vindstilla och minusgrader. Tyst och märkligt. Jag vill att det trots allt ska kännas högtidligt, men högtidskänslan har svårt att infinna sig. Jag jobbar på enligt min makabra plan. Lägger ut strömmingsnätet på isen alldeles intill öppningen i isen. Därefter hämtar jag kvinnan och bär henne till strömmingsnätet och lägger stenarna på nätet. Borstar bort det mesta av snön från mannen och släpar honom till strömmingsnätet och placerar honom bredvid kvinnan, ansikte mot ansikte. Jag rullar in de båda kropparna i nätet och binder linor runt dem så att det liknar ett stort paket. Återstår att fästa ankaret i en av linändarna. Klart för sjöbegravning.

– Men först en tyst minut, mumlar jag och tar av mig min mössa, böjer mitt huvud framåt och blundar. När den tysta minuten är över läser jag en bön med låg röst:

– Fader vår som är i himmelen helgat varde ditt ...

Efter fullföljd bön är det dags för paret att försvinna i havet, för gott. Jag tar i för "drottning och fastland" – som Kurre och jag brukade säga när det var fråga om tunga lyft – och lyckas rulla paketet med de döda över iskanten och de försvinner sakta ner i det mörka vattnet samtidigt som det kommer en mängd luftbubblor upp till ytan. Efter en stund avtar bubblandet och allt är åter stilla. Tyst som i graven, tänker jag och betraktar det mörka vattnet.

Nu är det bara resten kvar, intalar jag mig. Det värsta är gjort, nu ska prylarna och utrustningen försvinna. Men visst är det synd på så rara ärtor! Båten ser ut att vara mycket välgjord och ändamålsenligt byggd, lätt och med fina linjer. Förmodligen ett bra släpp i aktern och en dröm att ro. Även kälken, släden, är ett exempel på skickligt hantverk och även bra materialval. Årorna ser fina ut. Frestelsen är stark, men det skulle vara dumt av mig att spara något. Gömma undan möjligen, under taket på sjöboden …Men nej, inga sådana tankar. Allt ska bort! Ingenting ska gå att spåra tillbaka till mig. Jag tar en snabb titt i båten under det vita "segeldukstältet". Mest tyger, filtar, kläder, köksredskap, matlagningskubbe, med mera. Ekipaget, båt på kälke, är nu placerat alldeles intill det öppna vattnet. Jag tar dunken med fotogen och skvätter fotogen på filtar och tyger i båtens främre del och därefter häller jag fotogen på segelduk och kälke. I båtens akter sticker det fram en anordning som jag först inte förstår avsikten med. Men så kommer jag på gåtans lösning! Det går att sänka ner anordningen mot underlaget, det vill säga snön, och då görs spåren efter de korta skidorna diffusa och svåra att upptäcka, till exempel från ett flygplan. Klyftigt! Allt i vitt i syfte att undgå upptäckt. Sorgligt, men nu ska allt brinna och gå upp i rök. En tändsticka försiktigt hållen mot fotogenindränkt tygstycke. Sakta sakta tar sig lågan. Den blir allt större och elden sprider sig med god hjälp av fotogenet. Hela ekipaget blir alltmer övertänt. Jag står några meter ifrån och börjar känna värmen från elden. Med båda händerna tar jag tag i segelduken som fungerat som tak i deras lilla bostad och drar ner duken till båtens långsida om babord och trycker in duken delvis under båten. När jag reser mig upp ser jag ett tygstycke som tar eld vid den aktre delen av båten. En vagga blir synlig! Det står ett barns vagga på durken i aktern! Reflexmässigt kastar jag mig fram och försöker få grepp om vaggan. Elden slickar mina kläder men tack vare mina tjocka vantar undviks att jag bränner händerna och jag lyckas få grepp om vaggan och kan lyfta den över relingen. Det brinner i mina kläder när jag springer en bit bort från den brinnande båten och ställer ner vaggan på isen. Efter att ha kastat mig till marken, eller rättare sagt ner i snön, rullar jag runt ett par varv och snön är en effektiv eldbekämpare. HUR KUNDE JAG MISSA VAGGAN!? Visserligen hade jag tittat flyktigt akteröver,

57

men jag får skylla på tygstycket som delvis dolde vaggan. När jag böjer mig ner för att kika i vaggan ser jag inte någonting annat än en filt av ull. Försiktigt för jag undan filten och ett litet runt ansikte blir synligt. Ett litet barn – ja! Men är barnet vid liv? Jag kan inte se att barnet andas och när jag tar av mig en vante och försiktigt lägger min hand mot barnets ena kind känns den mycket kall. Och det lilla barnet reagerar inte det minsta på beröringen. Om det lilla barnet trots allt lever är det förmodligen så nedkylt att det inte finns något hopp. Men antagligen är det dött. Lika bra att barnet följer mannen och kvinnan, som förmodligen är föräldrar till den lilla, ner i det mörka vattnet. Få vila i frid i en sorts familjegrav. Det ligger en stor flaska med en genomskinlig vätska vid fotänden på vaggan och under flaskan ligger ett litet anteckningsblock. Jag stoppar flaskan och anteckningsboken i min ryggsäck.

– Det blir bäst så här, mumlar jag för mig själv.

Och när jag säger:

– Vila i frid, kastar jag med full kraft ut vaggan i isråkens mörka vatten.

Till min stora förvåning hamnar vaggan på rätt köl, den kapsejsar inte utan flyter tvärtom som en kork! Jag står där och gapar av förvåning och kommer mig inte för att göra någonting. Den brinnande båten kastar dramatiska skuggor omkring sig och allt är overkligt på ett hemskt sätt. Och vaggan guppar omkring där ute i råken, likt en extremt liten båt. I ren förtvivlan greppar jag en av de brinnande årorna som ligger i båten. Åran brinner rejält förutom i ena änden, som jag kan hålla i. Jag går fram till iskanten, siktar och kastar åran med avsikten att den ska träffa vaggan och få den att välta. Den brinnande åran försvinner ner i vattnet med ett fräsande ljud. Jag missade vaggan med bara någon decimeter! I samma ögonblick brister det för mig – VAD HÅLLER JAG PÅ MED!? Om det finns den minsta gnista med liv i det här barnet är det min förbannade plikt att göra allt jag kan för att rädda det! Jag går runt isråken och med en skidstav lyckas jag få vaggan till iskanten. Upp snabbt med vaggan ur vattnet och där ligger den lilla med samma ansiktsuttryck som tidigare. Det vill säga, det visade ingenting. När jag lyfte upp barnet ur vaggan känner jag att det var torrt inuti. Vaggan är faktiskt som en ytterst liten båt. Med barnet nerbäddad i min pulka börjar jag åka skidor mot stugan. Selen som jag har just för detta ändamål, alltså att släpa pulkan efter mig, är bekväm och enkel att använda. Barnet, som är all last just nu, väger lätt. På nytt var tröttheten som bortblåst. Jag har bara en sak i huvudet och det är att försöka rädda barnet! Visar det sig att det är för sent är det ingenting att göra något åt, men jag ska i alla fall göra ett seriöst försök.

8

UPPTINANDET

NÄR JAG DUNDRAR in vid bryggan håller jag på att krocka med bryggfästet.

– Den som har vallat mina skidor har gjort ett utmärkt jobb! mumlar jag och så snart jag är skidfri lyfter jag upp barnet och går till stugan.

Värme, värme och åter värme, samt även ljus! Barnet placerar jag på kökssoffan och nu gäller det att få fyr i vedspisen samt i den lilla vedkaminen. Stugan är inte stor, bara drygt tjugo kvadratmeter. En fördel med en liten stuga är att det går snabbt att få upp inomhustemperaturen. Och ved finns det gott om, både av barrträd och lövträd – främst är det tall och björk. Veden är torr och det är viktigt för att det ska brinna effektivt. Att sprida ljus står främst husets båda fotogenlampor för och jag tänder båda, samt även ett par stearinljus. Det sprakar omedelbart från eld i både spis och kamin. Nu är det bara fem grader här inne i stugan kan jag konstatera efter en blick på termometern. Jag hade i alla fall femton grader i morse innan jag gav mig iväg ut till skytteskäret, men det är många timmar sedan.

Först ett par filtar som underlag och jag kompletterar med en kudde, en fin ejderdunskudde, och därefter lägger jag barnet uppepå. Allt är placerat på mitt bord, husets enda bord men jag kallar det för köksbordet eftersom det fungerar bra som matplats. Och bordet står framför den lilla soffan som jag brukar benämna för kökssoffa. Tittar noga på barnets ansikte efter livstecken. Fortfarande lika kall om kinderna? Ja, i stort sett verkar det vara så. Andetag? Lyssnar mycket noga, men jag kan då inte höra att barnet andas. Försöker känna puls på barnets hals. Nej, tyvärr …Jag kommer att tänka på att jag kanske kan ha en fördel av att det är så pass kallt här inne när det gäller att avgöra om barnet är vid liv. Kollar termometern och det har redan stigit några grader. I och för sig bra, men att det fortfarande är förhållandevis kyligt här inne kan vara till hjälp för att se om barnet andas! Jag har en liten spegel och jag håller den alldeles intill barnets näsa och mun. Avvaktar någon minut. Nu är det oerhört spännande – lever, lever inte …Ja, ja, ja! Jag jublar inombords! Det är lite kondens på spegelns yta! Det lilla barnet lever och andas, andas och lever! Jag kom att tänka på det jag läst om djur som går i ide, till exempel björnar. När kroppstemperaturen sjunker går kroppens funktioner på sparlåga. Andningen, hjärtats rytm, och så vidare. Förmodligen sker det någonting liknande med människor även om vi inte går i ide. En fara är att om kroppstemperaturen blir för låg kan olika funktioner ta skada. Och en människa vaknar förmodligen inte av sig själv om temperaturen är fortsatt låg. Barnet behöver få upp kroppstemperaturen och till viss del hjälper den stigande inomhustemperaturen till. Dags att lägga in mer ved i både spis och kamin. Snabb titt på termometern. Nu tio grader. Lovande. Fortsatt full fyr i eldstäderna och det går att värma vatten på spisen och hälla upp i den stora zinkbaljan. Ungefär trettioåtta grader i vattnet är ett sätt att värma barnet som är så litet att det går att sänka ner i baljan. Det kanske blir en värmechock. Antagligen bättre och mer kontrollerat om värmen får komma i ett lugnare tempo från inomhusluften. Fortsatt eldning, en temperatur här inne på omkring tjugofem grader? Ja, provar det! Barnet kanske har blöta kläder, har kissat i blöjan, eller … jag kom att tänka på att det är bra att jag har vana av små barn genom att jag umgåtts en hel del med min syster och hennes familj. Min syster Ingrid och hennes man Orvar har två barn, Lotta som är sex år och Ove som är fyra. Jag har varit barnvakt då och då med allt vad det innebär av blöjbyten, matning, nattande och så vidare. Jag tar och värmer färskvatten i en kastrull på vedspisen. Om kläderna är blöta, vad kan jag använda då för att klä barnet? Klä och klä förresten, det är väl mest fråga om att kunna linda någonting runt barnet för värmens skull. Det är ju inte så att barnet börjar krypa runt här eller ännu mindre troligt, gå omkring. Vad kan det vara för ålder på den lilla? Min bästa gissning är någonstans mellan sex och åtta månader, men det är knepigt att avgöra.

Inomhustemperaturen stiger snabbt och närmar sig sexton grader. Dags för byte av kläder och blöja. Jag gör ett par blöjor av ett lakan som jag river och klipper sönder. Typ knytblöjor. Till min stora glädje kan jag nu även se att barnet andas och jag hör också andetag när jag lyssnar nära! Jag tar försiktigt av kläderna. Egentligen ser ytterplagget mest ut som en dress. Välsydd och den ser varm ut. Under dressen ett par tunna byxor och en relativt tunn tröja. På fötterna tjocka sockor, typ raggsockor, och under det ett par tunna strumpor. En tygblöja som är alldeles torr. Inte bra, den här lilla flickan behöver få i sig vätska och förmodligen även mat även om hon konstigt nog inte ser mager ut. Det lilla barnet är alltså en flicka och jag vågar nu gissa att hon är ungefär sju månader. Bara drygt ett halvt år och far omkring ute på havsisens vidder som den värsta polaräventyraren!

– Du lilla isflicka, mumlar jag med skrovlig röst samtidigt som jag tänker på att den lilla flickan redan är föräldralös, eftersom det med stor sannolikhet är hennes mamma och pappa som dog där ute.

Flickan öppnar inte ögonen, men hon rör lite på armar och ben när jag försiktigt tvättar henne med ljummet vatten och tvållösning. Den provisoriska knytblöjan passar, om inte perfekt, så i alla fall hyfsat bra. Ett tygstycke får duga som pyjamas. Jag kommer att tänka på att jag ska tvätta kläderna hon hade på sig, de är inte speciellt rena om jag får underdriva lite. En filt ovanpå henne och en under henne på kökssoffan, alltmedan jag ordnar med vätska och lite mat. Man tar vad huset förmår, tror jag det heter. Och detta hushåll har inte varit det allra minsta förberett på att ta emot en bebis som matgäst. Hur som helst har jag potatis och morötter, alltid något när de kokas och mosas. Avkoket bör duga som vätska till den lilla. Kanske lite buljong piffar upp anrättningen? Jag kommer att tänka på flaskan som låg i hennes vagga. Flaskan innehöll vätska av något slag. Varför är innehållet inte fruset? Trögflytande på sin höjd. Jag plockar fram flaskan ur ryggsäcken och ställer flaskan alldeles bredvid vedspisen där de två kastrullerna med vatten snart ska till att börja koka. Jag skalar några potatisar samt ett par morötter. Lite mat till mig också. Kommer den lilla att äta över huvud taget? Inser att jag inte har en aning om det. Från närapå dödförklarad till att vara med i köket och äta mat! Hon borde vara hungrig, men om det innebär att det smakar med potatis och morötter är en helt annan femma. Öppnar flaskan och luktar försiktigt på innehållet. Hmm, fisk. Hmm, olja? Jag häller lite av vätskan i en tesked. Trögflytande – ja. Oljig – ja. Luktar fisk – ja. Smakar ytterst försiktigt, bara några droppar ...Vad är jag orolig för? Att det är en förgiftad vätska? Skärpning! Smakar egentligen inte mycket och om det är giftigt är det varken särskilt effektivt eller snabbverkande. Jag ler för mig själv. Nej, jag gissar att det är någon variant av fiskolja, kanske fiskleverolja. Rik på nyttig olja och vitaminer.

Närande. Kanske är denna vätska förklaringen till att flickan lever och trots allt ser relativt välmående ut! Hennes mamma och pappa såg betydligt mer tärda ut. Jag undrar i mitt stilla sinne hur länge de varit ute på isen i sin lilla farkost? En annan tanke är att jag undrar om mamman kunnat amma sitt barn? Den skadade och dessutom kallbrandsdrabbade kvinnan ... Alla umbäranden som svält, sjukdom och utmattning fört med sig måste ha gjort helheten till en helvetiskt desperat situation. Och när det knappast kunde bli värre, ja då kom jag in i handlingen på ett fruktansvärt tragiskt sätt! Ansvaret är mitt och det innebär bland annat att denna flickas väl och ve hänger på vad jag kan göra för hennes bästa! Hennes liv har knappt börjat. Jag måste försöka ge henne så bra förutsättningar som det är möjligt! Allt annat innebär ett oförlåtligt svek.

Mosar potatisarna och de välkokta morötterna med en gaffel. På med lite buljong och så ställer jag undan det ett tag eftersom det behöver svalna. Flaskan med fiskoljan är rätt stor och den är i stort sett halvfull. Undrar om de hade med sig fler flaskor för att kunna ge flickan näring? De kunde ju inte veta att mamman skulle drabbas av en olycka och bryta benet ... En tanke slår mig. Det var väl inte på det viset att hon hade brutit benet innan de gav sig ut med båt och sitt lilla barn? Det verkar inte troligt, men man vet ju aldrig. Deras situation kan ha varit desperat, fly från något? Kläder och utrustning, till exempel att allt var målat eller färgat vitt, tyder i hög grad på att det var planerat. Och det pågår ett fruktansvärt krig i Europa och inte bara här i denna världsdel. Ett så kallat neutralt Sverige, ett mitt-emellan-land, med tyska trupper i Norge och Danmark samt även österut, i Baltikum och det är på den andra sidan av det istäckta hav där den lilla flickan och jag befinner oss i utkanten av Sverige. Egentligen inte långt härifrån ...Nå, jag får fundera vidare vid ett senare tillfälle.

Det som gäller nu är full koncentration på att flickan får i sig mat, fiskolja och vätska.

– Jag undrar när du åt senast, säger jag med så vänlig och mjuk röst jag kan åstadkomma.

Det är lite ovant att prata så jag är orolig att jag låter hes och skrovlig. Men jag behöver förmodligen inte oroa mig för det, flickan rör inte en min. Undrar just om du hör mig, tänker jag. Nu ska vi se om du kan få i dig fiskolja. Minsta skeden … Värt att prova den eller är det bättre att doppa ett rent och fint bomullstyg i fiskoljan och se om hon kan snutta på tyget? Provar skeden först, det andra alternativet verkar vara mer slösaktigt med fiskoljan och dessutom är det svårt att veta hur mycket olja hon får i sig. Antagligen ska hon inte ha mycket fiskolja. Får hon i sig ett par tre små skedar olja får jag vara nöjd. Till min stora glädje smaskar hon i sig av fiskoljan när jag sätter den lilla skeden mot hennes mun. En liten sked till blir det och därefter provar jag med lite potatis och morötter. Först inte någon framgång, men efter att hon liksom smakat på det en stund fungerar det att ge henne mer. Härligt! Matlust är ett bra tecken! Testar nu med det ljumma kokvattnet som potatisen legat i. Framgången med den lilla skeden fortsätter och hon får i sig en hel del vatten. Viktigt, viktigt! Den lilla har ännu inte öppnat ögonen vad jag har kunnat upptäcka. Efter den lilla matstunden somnar hon och andas lugnt. Jag kontrollerar inomhustemperaturen och det är tjugotvå grader. Dags för mig att ge mig av. Både spis och kamin fylls på med ved och jag stänger ytterdörren försiktigt och går till bryggan där skidorna och stavarna ligger i snön.

9

INSEGLET

DET HAR HUNNIT bli en ny dag men det är flera timmar till gryningen. Stjärnklart och vindstilla. En räv ropar på avstånd. Rävarna borde vara klara med sin parningstid vid det här laget. Ropet kommer från skärgården i riktning från väst till nordväst. Jag åker målmedvetet på mina skidor, även om jag känner mig enormt trött. Men jag tycker ändå att jag måste ut till skytteskäret innan det ljusnar. Göra avslut, ner med resterna i djupet, i råken. Det kan vara en del utrustning av metall och allt i tyg och trä kanske inte har brunnit upp fullständigt. Utplåna alla spår är mitt mål och jag vill gärna fullfölja det. Visst, elden måste ha kunnat ses på långt håll, men vad jag vet är det inga människor i närheten, eller ens i omgivningarna, kanske på mils avstånd. Från flyg? Svenskt spaningsflyg, eller eventuellt andra nationers flyg? Det kränks förmodligen luftrum lite hit och dit och det svenska försvaret är förmodligen inte så värst avskräckande. Okej, flyg kan ha sett ett ljussken, en brand – sedan då? Skicka ut, eller ner från flyg, någon patrull för att undersöka saken? Långsökt, men det är bra om spåren försvinner i och med det jag tänker göra.

Det glöder fortfarande i det som helt nyligen varit ett litet mobilt hem för en familj och det som glöder är främst matlagningskubben samt delar av båtens köl av trä som har sjunkit ner på metalldelar som ingick i kälkens uppbyggnad och konstruktion. Ett imponerande hantverk som nu gått upp i rök. Men det är tyvärr tvunget att det blev så. Stormklockan ligger nedsjunken i snön, men det som direkt fångar min blick är den lilla flickans vagga. Den står på isens snö där jag lämnade den i all hast. Bäst att använda glöden och få fyr på nytt med hjälp av vaggan. När jag lyfter upp vaggan hör jag ett ljud. Det är som om någonting rullar i vaggan och så tar det stopp med en duns! Förvånad och nyfiken ställer jag ner vaggan på isen. Jag lyfter ur tyger och en liten madrass och därunder finns en träbotten, en löstagbar skiva. När jag lyfter bort denna botten blir ett rör synligt, eller en cylinder är möjligen en bättre benämning. Det är inte så enkelt att se eftersom det fortfarande är natt, men jag tar fram den vattentätt förvarade asken med stormtändstickor, tänder en och håller stickan intill cylindern. Det är en vacker pjäs av metall med en botten i ena änden och en sorts hylsa över den andra änden. Hylsan har ett sigill och vad jag kan se vid en första anblick är sigillet – detta insegel – intakt. En vacker metallcylinder med ett obrutet insegel och detta ligger i ett litet barns vagga, gömt i vaggans innandöme! Jag vet inte vad jag ska tro. Men det är inte tid för funderingar nu. Dags att slutföra det jag kom ut hit för att göra.

Tygerna från vaggan hamnar först på glöden, därefter själva vaggan. Efter ett par minuter brinner det för fullt. Stormklockan – dödsklockan – och annat av metall följer paret ner i det mörka vattnet. Jag ger mig inte förrän allt brännbart blivit till aska och allt av metall skickats över iskanten. Avslutar med att täcka över platsen för elden med snö. Visserligen är det en sanning att det som göms i snö kommer fram i tö, men det här är havets snö på isen. Det kommer med stor sannolikhet en eller flera vårstormar inom de närmaste veckorna, isen bryts upp, flaken kommer på drift, löses upp, smälter, blir rutten is, alla spår härifrån kommer att avlägsnas. Förmodligen kan det ta ett tag som det ser ut nu med ett istäckt Östersjön. Men å andra sidan vet jag av erfarenhet att det kan gå snabbt när is försvinner – sydliga vindar, regn, strömmande havsvatten som bland annat för upp fyragradigt vatten från djupen … Där man kunde gå ena dagen är det öppet vatten någon dag eller två senare. Jag går fram till iskanten där jag rullade i "paketet" med flickans föräldrar. De syns inte till. Troligen har de glidit ner från grynnplatån och ligger nu på djupt vatten.

– Innan jag ger mig av vill jag säga att jag kommer att göra allt som står i min makt för att ta hand om er lilla flicka och att skydda henne på bästa möjliga sätt. Jag lovar och svär att jag ska göra mitt bästa!

Jag sa det rakt ut, högt och tydligt. Det kändes bra att göra det. Av vilken anledning sa jag det? De kan inte höra mig. Det är symboliskt. Och framförallt är budskapet riktat till mig själv! Jag lovade inför de döda, vid deras grav. Nu gäller upp till bevis för mig personligen. Löftet går inte att på några som helst villkor att bryta!

Skidade iväg mot ön, stugan och flickan. Jag hade inte tagit med mig ryggsäcken utan är tvungen att hålla i cylindern med den ena handen, växlade hand då och då, och de båda stavarna i den andra handen. Det är omständligare och det tar längre tid. Men jag orkar inte bry mig. Är fruktansvärt trött. Väl framme mer ramlar jag in i stugan än går in. Efter att ha konstaterat att flickan sover lugnt, lägger jag in ved i spis och kamin. Lägger mig på min brits, använder skjutrocken som täcke och somnar i stort sett omedelbart.

10

TID TILL EFTERTANKE

DET ÄR EN gråmulen dag med snöblandat regn i luften. Vinden är sydlig och för med sig ett par plusgrader, tidvis friskar vinden i och jag gissar att det är kulingstyrka åtminstone i vindbyarna. Temperaturen i stugan är knappt femton grader och klockan har hunnit bli mitt på dagen. Jag har sovit djupt, men nu måste jag gå upp. Den lilla ligger och jämrar sig. Hungrig eller törstig? Förmodligen både hungrig och törstig och kanske även dags för blöjbyte? Jag börjar med att kontrollera blöjan men den är snustorr. Inte bra. Hon behöver få i sig vätska, men hur och vad? Jag får ta och prova med avkoket, smaksatt med lite buljong. Kanske inte världens godaste och lämpligaste för ett så pass litet barn men vad kan jag annars göra? Komplettera med fiskoljan, javisst. Men jag betvivlar att det är bra för flickan att få i sig stor mängd av den oljan hur näringsrik och nyttig den än kan tyckas vara. Det är verkligen begränsat med mat, speciellt gäller det mat som är lämplig för en bebis. Nå, det är bara att försöka göra det bästa av situationen. Hon får i sig lite mat, lite buljong, lite fiskolja samt en hel del färskvatten. Det är färskvatten från en dunk som jag hade med mig ut hit. Själv får jag hålla mig till att smälta snö och ha det vattnet till mitt te.

När hon har somnat om sätter jag mig vid bordet och tittar på den lilla boken som jag hittade först. Och så tar jag mig en närmare titt på den märkliga cylindern. En vacker tingest helt tillverkad av metall och jag kan slå vad om att metallen är brons. Med min tumstock mäter jag cylinderns huvudsakliga mått, det vill säga dess största längd samt ytterdiameter. Längden är 13 tum och diametern är 4 tum. En ganska tung pjäs, verkar vara rejält dimensionerad. Men jag vet ju ingenting om innehållet, det kanske är tungt? I botten är det några små stämplar. De kanske visar vem som tillverkat cylindern? Eller vem som beställt den, låtit tillverka den? Och så finns det även en plombering, ett vackert sigill, eller som jag föredrar att kalla det – ett insegel – som ser orört ut vad jag kan avgöra. På själva inseglet är det en dubbelhövdad rovfågel, förmodligen av örnsläktet. Inseglet är placerat där den övre delen möter den undre, längre delen. Den kortare delen är förmodligen ett sorts lock som träs på den längre delen. Lockets längd är 4 tum. Och som det ser ut är inte locket borttaget sedan inseglet applicerades på sin plats.

– Självklart att en sådan här metallcylinder ska ligga gömd i ett litet barns vagga, mumlar jag för mig själv.

Visste mannen och kvinnan att cylindern fanns i vaggan? Troligen visste de om det eller åtminstone en av dem bör ha känt till cylinderns existens. Hur hade den kommit i deras ägo? Vem eller vilka hade sett till att de fick den? Hade de stulit den? Paret kanske bara skulle transportera cylindern? Bara och bara ... Varifrån? Till vem eller vilka? Handlade det om smuggling? I så fall – smuggling av vad? För att få svar på det, och kanske ännu fler svar, är det nödvändigt att bryta inseglet! Vill jag verkligen veta vad cylindern innehåller? På sätt och vis har cylindern redan lett till två människors död. Jag misstänker starkt att deras utsatthet och troliga flykt har med tingesten, som ligger framför mig på bordet, att göra!

Okej, det är bara en känsla, en teori, men skulle de, mamman och pappan till ett mycket litet barn, verkligen uppehålla sig frivilligt ute på havets is, utan egentliga möjligheter till värme, etc. Nej, jag tror inte det, inte om de var absolut tvungna! Såg de det som den enda möjligheten att överleva? Vad bestod hotet av? Det sägs att i krig och kärlek är allt tillåtet, riktigt ruggigt när jag tänker på detta! Rättfärdiga över hela linjen inom dessa två gebit! Fy för gemena gälar, vem hade kommit på något så avskyvärt?!

Ingenting att göra åt hur det ser ut vid skytteskäret. Det är som det är, bäst att låta det vara ifred. Fler försök när det gäller fågeljakt är uteslutet. Matförrådet behöver kompletteras för att använda en rejäl underdrift. Lätt att säga att det behövs kompletteringar, det är svårt att genomföra här ute. Förutom när det gäller fisk. Och kokt fisk borde passa som hand i handske att ge till flickan. Angla gädda, pimpla abborre, nätfiske under isen ... Normalt sett är det trevligt med angelfiske och pimpelfiske, men omständigheterna är speciella nu. Nätfiske är det bästa alternativet. När nätet väl är på plats sköter det sig självt, det enda som behöver göras någon gång per dag är att vittja nätet. Allra först är det en del som behöver åtgärdas och underhållas. Ved ska bäras in från vedförrådet bakom sjöboden. Vatten ska ordnas genom att smälta snö i den stora kastrullen på vedspisen. Värmen i huset ska upprätthållas genom att mata in ved då och då i spis och kamin. För tillfället behöver det inte tokeldas eftersom det inte är speciellt kallt ute. Flickans smutsiga kläder ska kokas, sköljas och hängas på tork. Mat ska tillagas med de enkla medel som står till buds. Blöjbyte på fickan, tvätta blöjor. Jag tvättar flickan och byter blöja på henne. Nu har hon verkligen kissat vilket tyder på att vätskemängden som hon fått i sig varit någorlunda tillräcklig. Ett gott tecken! Och apropå goda tecken! När hon har fått en ny blöja på plats och jag lyfter upp henne för att hon ska få ligga på sin plats på kökssoffan – då öppnar hon ögonen! Jag håller henne framför mig och hon tittar begrundade in i mina ögon.

– Hej du lilla isflicka, jag heter Kalle Bruthus. Välkommen till min ö och det är verkligen härligt att du tittar upp nu! säger jag med len stämma och ler mot henne.

Förmodligen ser jag fånig ut, men hon verkar inte bry sig om det utan fortsätter att titta begrundande på mig. Det är en magisk stund. I alla fall för mig som kommer att minnas den så länge jag lever.

Efter ett tag lägger jag henne till rätta på kökssoffan, med en rullad filt på utsidan av henne så att hon inte ska kunna ramla ner från soffan. Jag har inte märkt att hon rör sig speciellt mycket vare sig när hon är vaken eller sover, men bäst att vara på den säkra sidan. Flickan somnade efter en liten stund och jag tar itu med mina planer när det gäller fiskafänge.

– Visst, nätfisket sköter sig självt, mumlar jag.

Praktiskt taget sköter nätfisket sig självt, när det väl är på plats vill säga...Men nätet ska in under isen och det är tjock is även i sundet där strömmande vatten brukar göra att istäcket är hanterbart. I sjöboden finns några relativt korta nät med maskor i storlek lagom för flundra och lake. Ismört och annat av mindre storlek går oftast genom dessa nät och det är så jag vill ha det. En stång som är cirka fem meter lång samt en relativt tunn lina gör det närapå komplett. Isbillen är en förutsättning för att isen ska gå att bearbeta och få upp rimligt stora hål för att göra det möjligt att föra ner stången med linan fastbunden i den ände på stången som är "den förliga" om jag uttrycker det så. Hål i isen på lagom avstånd som gör det möjligt att skjuta stången vidare med det bortersta hålet som slutmål. Valet av nät har fallit på ett som är knappt tjugo meter långt. När jag fiskade upp stången med linan i sluthålet knyter jag istället linans ände i nätet. Den andra änden på linan är förankrad i en tyngd av bly som ligger på isen en bit bortom det första hålet. Nu gäller det att mata ner nätet i sluthålet och dra i linan för att få nätet att stå under isen mellan de två yttre hålen i isen. Det tar mig en stund med en hel del gående fram och tillbaka, men till sist är jag klar. Nätet är på plats och jag placerar två stycken meterlånga relativt grova grenar tvärs nätets riktning och med linor till varsin ände på nätet ska räcka för att hålla det på plats även om gammelgäddan skulle råka trassla in sig. Ser fram emot att vittja nätet i morgon bitti.

11

HJÄLPLÖS

PYSSLAR INNE I stugan med vapenvård, tvätt, blöjbyte, matlagning, snösmältning, eldning, med mera. Flickan somnar i stort omedelbart efter att ha ätit och druckit ganska bra. Hon verkar inte få nog av fiskoljan, men som jag tänkt tidigare och det tror jag är rätt, inte för mycket fiskolja per gång. När det börjar skymma går jag ut. Lyssnar men det finns ingenting att höra. Jag går ett varv runt hela ön och går jag oavbrutet i lite lagom takt tar det mindre än tjugo minuter. Det är lite knepiga förhållanden nu med en hel del snö. I och för sig skulle det vara enklare att gå en bit ut på isen, men jag vill komma upp en bit för att få överblick. Omgivningarna är viktiga att granska efter eventuella spår. Men där finns ingenting annat än spår en bit ut på isen efter en räv som tangerat min ö och hållit sig efter stranden något femtiotal meter för att därefter åter bege sig ut på isen och vidare mot en annan ö. Av människor syns ingenting och det är jag tacksam för. Jag hoppas att det fortsätter att vara ett människotomt skärgårdsland ett bra tag till. Isarna borde vara borta om ett par veckor, men jag säger bara borde. Osvuret är bäst och jag kan ju tycka hur saker och ting borde vara, men det är verkligheten som gäller. Isen har redan legat onormalt länge och varit mer utbredd och tjock än vad jag hört talas om. Troligen är det denna vinter och vår isförhållanden som inte existerat på mycket länge. I alla fall inte i det mannaminne som kan sägas råda nu.

Jag försöker få mina tankar att släppa allt som har med den senaste tidens hemska händelser att göra och därför har jag börjat med min favoritsysselsättning när jag är inne i stugan, nämligen att bo nät. Just det här nätet ska bli ett perfekt redskap för stötfiske på abborre. Noggrannhet, koncentration och tålamod är bra att kombinera när det gäller att bo nät och då brukar allt annat, såsom distraktioner av olika slag, få stå åt sidan. Men jag hinner bara börja med mitt värv när jag hör att den lilla flickan jämrar sig. När jag tittar åt hennes håll ser jag att hon rör på sig och verkar vara orolig.

– Du som brukar sova lugnt och gott, vad har du nu hittat på? säger jag och lyfter upp henne.

En rap kanske? Funderar vidare på någon orsak, men när jag känner på flickans panna får jag förklaringen – hon känns brännhet! Inte bara vanlig feber, det är fråga om hög feber! Av vilken anledning? Jag är inte sjuk. Borde inte ha kunnat smitta henne. När jag är mitt i mina orsaksfunderingar börjar flickan krampa! Hon skakar i hela kroppen, vänder liksom på ögonen så att ögonvitorna syns, tungan hänger ut – det ser bäst beskrivet mycket otäckt ut! Hon tuggar inte, biter sig inte i tungan och det är goda tecken mitt i det hemska. Det är förmodligen inte ett epileptiskt anfall. Jag tror jag vet vad det är som är fel. Hon har drabbats av feberkramp! Personligen har jag inte sett feberkramp tidigare, men min systerson har haft anfall av feberkramp sedan han var bara sju, åtta månader. Min syster har beskrivit anfallen noga för mig och även vad jag kan göra åt dem. Bra för mig att veta när jag var barnvakt hos min systers familj. Hennes bästa råd är att barnet ska kylas ner så snabbt som möjligt. Är det kallt ute, gå ut med barnet och gör det omgående utan att ta på barnet ytterkläder. Stanna ute ett par minuter. Krampanfallen brukar ebba ut efter några minuter. Lägg då barnet i sin säng men lägg inte på täcke eller dylikt, då kan det bli för varmt. Se gärna till att inomhustemperaturen inte är hög. Svalt är bra, säg cirka sexton, sjutton grader. Och håll ögonen på barnet, vaka vid dess sida! Om barnet får feberkramp på nytt, gör om proceduren, alltså gå ut till att börja med.

– Men, jag vill egentligen inte skrämma upp dig, hade min syster sagt, och fortsatte:

– Om barnet inte slutar krampa måste det få vård på sjukhus! Och under denna transport till sjukhus ska barnet inte ha varma ytterkläder på sig! Temperaturen måste komma ner!

Jag håller alla tummar jag har tillgång till när jag skyndsamt tar på mig mössa, rock och stövlar.

Med den lilla krampande flickan i famnen går jag ut och står där i den kalla aprilkvällen och försöker nå fram till henne med min röst:

– Titta på stjärnorna, vilken fantastiskt vacker stjärnhimmel det är ikväll … Jag pratar på och försöker dämpa min egen oro.

Vad gör jag om flickan inte slutar krampa? Om anfallet bara fortsätter och fortsätter … Längre hinner jag inte i mina funderingar förrän jag märker att flickan börjar slappna av. Efter ytterligare ett tiotal sekunder hänger hon som en trasa, helt utmattad. Jag bär in henne och lägger ner henne försiktigt på soffan i hennes lilla bädd utan att lägga på någon filt eller täcke. Hur länge hade krampanfallet pågått? frågar jag mig. Gissar på mer än fem minuter och mindre än sju minuter. Tillbaka till problemet om flickan fortsatt att krampa – innan plats för vård hade nåtts skulle hon förmodligen redan ha avlidit. Kroppen klarar inte av påfrestningarna med att krampa länge, förmodligen skulle överlevnad kunna mätas i timmar, kanske bara enstaka … Nej, tack och lov att det upphörde så snabbt. Jag kan ju konstatera hur utmattad flickan blev efter detta relativt korta krampanfall.

12

KONSTEN ATT HUSHÅLLA

NÅGONSTANS UTE PÅ Östersjöns is: Det är natt och mulet. De kan höra flygplan på långt håll. Kvinnan ammar deras lilla dotter. Mannen lagar mat på björkkubben. Maten till de fantastiska hundarna börjar ta slut, fisk kan vara en lösning. Det hade varit omöjligt att stanna kvar och det hade inte gjort någon skillnad mellan de som hade makten, våldskapitalet. Tidigare var det ryssarna. Nu är det tyskarna. Vem vet om morgondagen … Angiveri- och spionnoja genomsyrar allt. Lite skvaller om en granne kan räcka för att få denne avrättad, ofta hela familjer. Nej, flykt hade varit enda alternativet. Sovjettrogna vill absolut få tag på sådant som har med tsaren att göra. Och det fanns även tyska öron som hört saker. Hur knapp tiden var kunde de inte veta, kanske de bara hade haft tur? Hon gillade att tänka att så kallad "tur" är tillfället som möter förberedelsen … Men de själva hade egentligen inte förberett sig speciellt väl, andra hade gjort detta åt dem. Jaan levde länge och väl i förvissningen att det bara var han som kände till "paketet" som kammarjungfrun hade smugit in och dolt bland hans mosters tyger. En rulle tyg som hade blivit tyngre och med en större diameter, med förhoppningen att det skulle vara till synes helt oskyldigt. Jaans förvissning visade sig ha varit falsk eftersom det nyligen blev uppenbart att mostern hade märkt paketets existens på något sätt även om Jaan snarast flyttat över det till sin packning och gömt det i en säck med potatis. Och när mostern nyligen börjat säga saker, berätta om "hemlighetsmakeriet" och "smusslandet" som hon kallade det. Då, när det begav sig, hade hon varit den främsta av sömmerskor, men nu var mostern förändrad och förändringen hade skett snabbt. Visserligen "bara" en gammal förvirrad och gaggig sömmerskas ord, men det var ord som snappats upp och tolkats. Och rykten spreds, omtolkades gång på gång, tilltog i styrka och förvanskades. Det blev till ett självspelande piano, bara fortsatte och fortsatte ...I dessa krigstider finns det betalda angivare överallt, det genomsyrade hela samhället, hela landet och grannländerna med för all del.

13

NÅD ATT STILLA BE OM

MARDRÖMMEN ÄR PÅ intet sätt över. Febern är fortsatt hög och jag vakar hela natten vid flickans sida. Vätska är viktigare än någonsin och jag ger henne vatten varvat med buljong då och då.

Jag måste ha somnat en stund för jag rycker till av att flickan jämrar sig och det är mycket ljusare ute än när jag kollade senast. Hon är verkligen varm. Febern verkar inte ge med sig, men ett ljus i sjukdomsförloppsmörkret är att hon inte drabbats av någon mer feberkramp. Troligen är det inte bra att hon ligger på rygg hela tiden. Hon behöver komma upp då och då. Jag lyfter upp henne och går runt i stugan med henne. Med flickan på min högra sida så att hon kan kika över min axel, går vi runt hit och dit på den mycket begränsade stugytan och det ger förhoppningsvis chansen till nya intryck. Denna dag fortgår med omväxlande vila, matning, upp och titta sig omkring, vila, gå ut helt kort och få lite frisk luft, vila, matning. Min tro att det är viktigt att komma upp ur sin sjukbädd då och då kommer sig bland annat av att jag sett och hört om släktingar och bekanta som varit sjuka med feber och ibland även hosta och som inte rört på sig att det stört direkt. Vad händer efter inaktivitet? Jo, ofta drabbas de av lunginflammation och avlider. Okej, detta gäller oftast äldre och trötta, men konceptet att vara uppe då och då och inte bara ligga ner tror jag är livsviktigt! Den höga feber som flickan har kan tyda på risk för lunginflammation. Om hon har, eller får, lunginflammation kan jag inte göra någonting för att rädda henne, jag skulle vara helt hjälplös!

Jag kan inte förmå mig att bo nät, inte heller att titta närmare på anteckningsboken, inte heller bronscylindern lockar. Sitter och ligger om vartannat och lyssnar samt spanar efter ljud och tecken när det gäller flickans mående och hälsa. Ännu en febernatt tar vid. Den lilla sover oroligt och är brännhet och glansigt svettig i ansiktet. Jag frågar mig hur hög feber ett litet barn klarar? Troligtvis är det individuellt. Febern är ju kroppens försvar ...Men får hon lunginflammation är det över, slut och förbi. Det finns absolut ingenting jag kan göra för henne då.

Morgon. Jag har lyckats sova lite nu på morgonsidan. Det är knappt jag törs lägga min hand på hennes panna. Jag tittar på henne. Andas hon, är hon verkligen vid liv? Svaret är ja, jag både hör och ser att hon andas, lugna andetag, stilla och fint ...Och när jag till slut känner på hennes panna kan jag inte hålla tillbaka tårarna! Den lilla är inte alls varm längre, det verkar som om hon har tagit sig genom krisen!

– Isflicka, du är en tös av det rätta virket! mumlar jag och då slår hon upp ögonen och tittar på mig på det där begrundande sättet som bara hon kan.

Lycka! Magi, igen!

Min energi har kommit tillbaka. En sorts lyckoenergi på- fylld tack vare flickans tillfrisknande. Efter matningen och att hon somnat vågar jag lämna henne för att vittja nätet. Det har bildats tunn is på de öppningar i isen som jag gjorde med

isbillen. Temperaturen natten som var har sannolikt bara varit
någon enstaka minusgrad och det är enkelt att få bort isskor-
pan med min ena stövelklack. Jag rör om med foten bara vid
de två yttersta hålen. En lina får löpa ut i den ände av nätet
där jag inte befinner mig. Och i den andra änden börjar jag nu
försiktigt ta upp nätet. Omedelbart känner jag att det rycker
i nätet.

– Såja fina fisken, kom nu till Kalle Bruthus, säger jag med
ett leende på läpparna.

Det här innebär att vi kan äta färsk fisk idag. Frågan är vilken
sorts fisk det blir?

14

FISKAR OCH HUNDAR

FYRA FETA FLUNDROR samt en hyfsat stor lake! "Inte illa pinkat av en trähäst", brukade min pappa säga när det förekom positiva överraskningar. Sätter ut nätet på nytt och tar sedan itu med att rensa fiskarna. Fiskrenset lägger jag ute på isen. Korpar, kråkor och rävar är också hungriga och när det är sådana här väderförhållanden är det svårt för dem att finna tillräckligt med föda.

Flickan ligger på kökssoffan, jollrar och viftar med armarna. Det är som om hon vore ett nytt barn, vilken skillnad mot de senaste två dygnens febersjuka lilla stackare! Jag känner en stark och innerlig tacksamhet! Mot högre makt, mot den lilla flickan som tycks ha en inre styrka utöver det vanliga, mot ödet! Uppriktigt sagt bryr jag mig inte just nu om det är vad eller vem, utan nöjer mig med att rent allmänt känna innerlig tacksamhet! Det räcker bra för mig denna dag och jag önskar inte byta denna känsla emot någonting annat!

Idag står det kokt flundra på menyn. Hur färsk, fet och fin som allra helst! Lite salt, lite mosad potatis, lite fiskbuljong och en liten flicka som ska få smaka på denna anrättning. Provsmakning påbörjas …Hon tittar förvånat på mig och ser ut att gilla maten, gapar och äter på nytt. Härligt, hon behöver få i sig näringsrik mat och det här tror jag är mycket bra för henne! En rejäl portion senare somnar hon i min famn. Jag nänns inte väcka henne för blöjbyte, jag låter henne sova och bär henne till soffan. Hon snusar på i sin bädd och jag passar på att äta flundra. Gott, jag förstår att hon gillade det! Men man kan å andra sidan aldrig veta säkert: "Smaken är som baken. Alla har en."

Jag är fortsatt upprymd av tacksamhet och jag kommer på mig själv med att gå omkring och vissla. Visserligen ganska lågt för att inte väcka den lilla, men ändå! Jag frågar mig själv om jag har rätt att vissla och var upprymd när det ligger två lik ute vid grynnplatån och det är denna visslande man som dödat dem. Visserligen under mycket speciella omständigheter, men krasst är det så att jag orsakat deras död. Och deras lilla barn är nu här hos mig och barnet är nu mitt ansvar. Och jag kommer fram till att det inte går att göra ogjort, att det bästa jag kan göra är att ta vara på det som är och även snegla, planera, framåt ... Så javisst, vissla på jag! Apropå att snegla kan jag inte låta bli att då och då titta på det som ligger på bordet, nämligen anteckningsboken och den plomberade bronscylindern. Min nyfikenhet är i ett ökande skede och vad kan bli lidande om jag snokar i den lilla familjens hemligheter? Tänkt och gjort, jag sätter mig tillrätta vid bordet och öppnar den lilla anteckningsboken. Börjar sakta bläddra och inser att detta är som en dagbok med små illustrationer. Enastående skickligt utförda små teckningar och motiven varierar mycket. Här finns allt från kärleksfulla porträtt av människor till vackra landskapsskildringar! Vackert, finstämt, alldeles fantastiskt utfört av en konstnärligt lagd person. Vem är det som haft pennan i sin hand, kvinnan eller mannen? De kan väl inte ha delat på sysslan? Det är även en mycket prydlig text som kompletterar bilderna, teckningarna.

– En bild säger mer med tusen ord, mumlar jag förnumstigt. Den ena av föräldrarna kanske var den som skrev och den andra utförde teckningarna? Och vilket språk är det skrivet på? Det är skrivet med en mycket vacker och prydlig skrivstil som tyvärr inte är särskilt lätt att tyda. Jag gissar att det rör sig om estniska och att jag gissar på just estniska har sin förklaring i en av bilderna i den lilla boken. Fuskar jag? Kanske man kan kalla det för att fuska eftersom jag tittat på en prydligt ritad karta med öar namngivna utanför den baltiska kusten och i höjd i stort sett med södra delen av Stockholms skärgård. Estniska är tyvärr inte min starka sida, jag får nöja mig med att titta på bilderna och få min information från dem. Kartan bör kunna ge intressant information, bland annat eftersom det står skrivet en del datum på den. Jag upptäcker att det även är angivet datum på praktiskt taget samtliga teckningar. Svåra att upptäcka vid en första anblick eftersom de är placerade i själva teckningarna och dessutom skrivna extremt små. Men jag inser att jag har en hel del att utgå ifrån när jag nu börjar mitt detektivarbete med att lägga puzzel som jag önskar visar den lilla familjens färdväg samt vad de har råkat ut för under resans gång.

Om jag kan utgå från att uppgifterna på kartan och i teckningarna är korrekta och varför skulle de inte vara det? Tja, om de flyr från någon eller några vill den lilla familjen inte att uppgifterna ska bli kända av förföljaren, förföljarna. Men ärligt talat, spelar det då någon roll om familjen ändå blivit upphunnen och infångad? Eftersom det bara är då som anteckningar och bilder kan komma till kännedom. Svårt, för att inte säga omöjligt, för mig att veta eftersom jag inte vet varför de flydde. Att de flydde är jag övertygad om. Frågorna varför samt från vad, vem, vilka, har jag inte någon distinkt aning om. Men det pågår krig, bland annat på andra sidan Östersjön, deras sida av Östersjön. Och de baltiska länderna har det som brukligt, om jag får uttrycka det en smula vanvördigt, hamnat i skiten med och mellan stormakternas politiska samt krigiska spel, härskar– och förtryckarambitioner. Nu är det framförallt Sovjetunionen och Tyskland som är aktörer. Mannen kanske skulle bli tvungen att strida för någon part i kriget. Hellre flydde han med sin kvinna och deras lilla flicka? Nå, det är åtminstone en tänkbar teori.

Jag tar det steg för steg. De utgår från en ö utanför det estniska fastlandet. Datumet som står angivet är 15/3 1942. Alltså: När de hade oturen att träffa på mig, det var den tredje april, hade de varit på Östersjöns isar i ungefär två och en halv vecka. Inte någon nöjestripp direkt. Till stor del hade det varit en kall och blåsig period, åtminstone här i området kring Stockholm. Det var antagligen ingen större skillnad på hur väderförhållandena hade varit på den baltiska sidan och ute på Östersjön. En fin teckning, som är daterad 18/3 1942, visar dels en hund som ett porträtt och dels familjens ekipage med båten på kälken men "ryggåstältet" är inte uppsatt och på denna teckning är det fem hundar – ett helt hundspann! Smart att använda sig av draghundar. Givetvis är dessa hundar, om inte helt vita i pälsen, i alla fall mycket ljusa om man får lita till teckningen. Ytterligare några dagar senare ett fantastiskt fint porträtt som visade mannen med den lilla dottern i famnen. Jaha, det var alltså kvinnan som var den skickliga konstnären! Och med ytterst liten och fin stil står deras respektive namn i teckningen! Jag blir starkt berörd nu när jag plötsligt får veta vad de heter! Eller som det är i mannens fall, hette. Jag kommer att tänka på vad den döende mannen sa, eller försökte säga, hans sista ord. Jag tolkade det som om det var engelska eller möjligen spanska, det senare var i och för sig ganska osannolikt … Men det mannen sa var sin dotters namn! "Hell me", dottern heter Helmi! Och Jaan hade varit hans namn.

15

KARTLÄGGNING OCH NAMN

JAG FÖRSÖKER MINNAS vad mannen sa mer än sin dotters namn. Det var någonting som jag tolkade som "Vi vi" och "El doktor" eller "Doktor El". Hmm, spanska ... Njae, men om det är engelska "We we" och "doctor"? Tar en ny titt på kartan. Vad visade den egentligen? Varifrån de kom? Ja, troligen. Vart de skulle? Svenska sidan, ja. Men mer precist, enligt min tolkning är det en ö utanför Dalarö som verkar vara målet. Dit ledde den prickade rad som började på ön utanför den baltiska sidan. Det stod inget skrivet när det gällde öar eller platser. Det enda som verkligen är angivet, och det är de minsta bokstäver jag någonsin sett, är: "Dr L" mumlar jag ohörbart. Javisst, såklart! Hans kvinna kanske hette Wewe eller något liknande! Mannen vädjade om hjälp, att de skulle få komma till en doktor, en läkare! Han kämpade för sin lilla flicka och sin fru och hans sista ord i livet handlade om läkarhjälp till dem. Kanske var det så, kanske inte.

När jag studerar den första teckningen mer noggrant ser jag deras namn i den löpande texten intill bilden. Med prydlig skrivstil Helmi, Jaan och Vivi! Där satt den! Den sista delen av trippelfrågan har fått sin lösning, kvinnans namn hade varit Vivi!

Flickan snusar vidare i sin bädd. Jag har fått upp ångan nu, läser och tyder vidare i dagboken. Gotska Sandön är inritad på kartan och norr om Sandön är de ökända och för sjöfarten fruktade Kopparstenarna noterade på kartan med ett X. Jag inser att det hände dem någonting i närheten av Kopparstenarna. Och det som hände var illa, mycket illa! Tre miniatyrteckningar på samma uppslag skildrar händelsen. Dels syns långsträckta isvallar som bildats vid det här grunda området, som är vad Kopparstenarna är. Dels ses deras båt på väg att ta sig över en vall av is med benägen hjälp av kvinnan som drar i en lina vid båtens stäv och mannen som skjuter på i aktern. Och den tredje teckningen är en skildring av kvinnans spjälade högra ben. Sedd ur kvinnans perspektiv. Det finns en del löpande text på det här uppslaget, men inte mycket. Jag undrar hur de kände sig efter olyckan? Hur de försökte komma fram till vad som skulle vara det bästa att göra nu när förutsättningarna ändrats på ett dramatiskt sätt ... Jag funderar på hur kvinnan bröt sitt ben. I princip kan det räcka med att fastna med benet mellan isflak. Är båten dessutom inblandad i olycksförloppet till exempel genom att den plötsligt kommer med fart när en isvalls högsta del är passerad och kvinnan råkar få båtens tyngd över sig ... Aj aj aj! Varför tog de sig inte runt isvallarna istället för att försöka ta sig över dem? Jag kommer att tänka hur det var när jag upptäckte deras farkost. Skuggan avslöjade farkosten eftersom solen plötsligt lyste över de stora vita isvidderna. Flygplan, inte minst spaningsflygplan, flög över Östersjön. En dag med sol och god sikt skulle den lilla familjen med farkost, och dessutom hundar, vara lätta att upptäcka. Trots sin vithet. Och det mesta var faktiskt lite för vitt! Till exempel var det inte naturligt vita sälskinn, som troligen var ljusa från början men som hade fått hjälp av mänsklig hand och färgats till "snövit". När det var dålig sikt med lågt stående moln eller att det snöade, då kunde de avverka distans dagtid. Annars var de hänvisade till att färdas på natten. I mitten av mars när de gav sig av är ju nätterna fortfarande relativt långa och vila behöver både människor och djur, så att ligga lågt och hålla sig i stillhet på dagarna är klokt sett ur flera aspekter. Men det gäller att slå dagläger på så säkra platser som möjligt. Att befinna sig ute på slät, snötäckt is är som att tigga om att bli upptäckt från luften. Jag gissar att de sökte sig till isvallar och andra isformationer där de är betydligt svårare att upptäcka. Isvallarna kan vara långsträckta och ett antal meter höga men de gav skydd och säkerhet. Viss säkerhet, jag tror att de faktiskt hade sökt sig till isvallarna vid Kopparstenarna för att få vila under dagtid. Att olyckan när kvinnan bröt benet hände där var kanske till viss del en slump, men isvallarna vid just Kopparstenarna visade sig vara högre och mer långsträckta än vad de hade räknat med. Det ser jag i alla fall som högst sannolikt.

Hur vana vid båtar och is var paret egentligen? Tidsfaktorn var naturligtvis av stor betydelse. Hur länge skulle isen ligga på Östersjön och vara farbar? Rutten våris kan i princip vara hur tjock som helst, men även hur porös och värdelös som helst och då befinner man sig mer i en issörja. Begreppet "varken bär eller brister" ges en mer allvarlig, och mycket påtaglig, innebörd. Visst, de hade en båt med sig. Det var en liten båt och den var roddbar, men de var ytterst utsatta i denna lilla farkost. Hård vind med tillhörande sjögång. För att inte tala om is som bryts upp av vågor och is som kommer i rörelse kan krossa det mesta … Nej, de ville absolut ta sig över till den svenska sidan på havsisen. Varför inte bege sig till Gotland, eller ännu närmare, till Gotska Sandön? De tillhör ju faktiskt Sverige, dessa öar, även om det kan vara svårt att tro det när man hör vissa gotlänningar utöva sitt tungomål. Paret hade med stor sannolikhet sina skäl till att de trots allt fortsatte mot väster. Ett starkt skäl kan ha varit att de inte litade på någon annan än sin kontaktperson. Och denna person, man eller kvinna, var förmodligen "Dr L", men jag kan tycka att det var oförsiktigt av dem att ha detta angivet i sin lilla bok med både plats och bokstäver. Eller var det inte så enkelt, det kanske var en kod, eller ett villospår, missvisande? Paret hade kanske en plan där det ingick att förstöra alla ledtrådar, bevis, eller vad man ska kalla det. Om de hade en plan för detta hade den hur som helst misslyckats. Ett bevis för det är att jag nu sitter och studerar ledtrådar och så kallade bevis.

Situationen för dem efter olyckan var hemsk och den blev dessutom värre för varje dag som gick. Kvinnan, Vivi, var inte längre till någon hjälp när det gällde framdrivning av farkosten. Snarare var Vivi en belastning eftersom hennes tyngd hela tiden måste befinna sig i båten efter benbrottet. Inte bara snarare, hon var en belastning. Mannen, Jaan, och hundarna fick se till att de trots allt avverkade distans i riktning mot det svenska fastlandet. Och paret hade sin lilla flicka, Helmi, att ta hand om och skydda på bästa sätt. Kunde Vivi amma Helmi? Hur höll de sig och barnet varma? Hur lagade de mat? De reste med så lätt packning som möjligt och allt var förmodligen beräknat till att ta si och så många dygn. Hundarna skulle också ha mat ... Men i och med kvinnans benbrott och de förseningar i resplanen som detta innebar började födan tryta. För alla. Tack och lov hade de flaskan med fiskolja och dess nyttiga fetter och vitaminer. Och framförallt Helmi fick av denna olja, men hon kunde inte klara sig enbart på den kosten.

Vivi gjorde trots allt fler teckningar och skrev en del text i samband med motiven. Fyra dagar efter olyckan vid Koppar-stenarna ritar hon ekipaget med draghundar. Men nu består hundspannet bara av tre hundar! Ursprungligen var det fem draghundar, hade de två som nu saknades blivit mat? Det föreföll inte omöjligt. I vissa länder äter man hund har jag läst och rätt tillagat ska det smaka bra enligt uppgift. Nöden har ingen lag … En fråga är vem som ätit av hundköttet? Var det kanske de tre hundarna som fanns kvar? Eller var det Vivi och Jaan? Ska människor äta hund antar jag att det ska vara väl tillagat kött. Att äta rå hund eller halvfärdigt hundkött är troligen förenat med stora risker, kanske det finns trikiner eller något annat skadligt? Vilka möjligheter hade Vivi och Jaan att koka eller steka sin mat? Jag hade ju sett en kubbe, troligen av björk, i deras båt. Den stod på durken vid stäven. Och det är såklart en bra lösning att elda i denna kubbe, men hade de bränsle, ved och kanske även kol, i tillräcklig mängd? Den ved, det bränsle, de hade med sig när färden började från den baltiska sidan var den ved och det bränsle som skulle räcka till det att de var framme i Sverige. Det gick inte att fylla på förrådet ute på isen … Ja, det var det här med Gotska Sandön igen, men det var ingenting som tydde på att de gjort en avstickare dit. En möjlighet är att de kunde ha haft turen att hitta drivved som var fastfrusen i isen, men det skulle vara mycket arbete för lite bränsle. Och svåreldat minst sagt, eftersom det förmodligen var allt annat än torrt. Jag kommer att tänka på att när jag hittade ekipaget på havsisen fanns det inte ett spår av några hundar. Någon, eller något, hade troligen ätit upp dem. Den sista hunden, vem åt upp den? Ingen hund i alla fall. Möjligheten fanns att Vivi och Jaan lämnat hunden på isen, men jag tvivlar på det. Sista dagarna för Vivi och Jaan måste ha varit fruktansvärda! Vivi drabbas av kallbrand, det hänger helt på Jaan om ekipaget ska komma ur fläcken, deras Helmi som inte får tillräckligt med mat, kylan, tiden som bara går och går … Jag slås av en tanke, en undran angående den fruktansvärda situation de befann sig i, all ångest, rädsla, förtvivlan … Om kanske Vivi sa till sin man att han skulle lämna henne där ute på isen?! En farkost som skulle bli lättare att skjuta framför sig, mindre matåtgång. Chansen att rädda deras lilla Helmi och även sig själv, skulle vara större om Vivi lämnades. Det får jag aldrig veta, vad som blev sagt vid deras sista samtal. Men eftersom både Vivi och lilla Helmi fanns kvar i båten när Jaan gav sig iväg måste hans ambition ha varit att hämta hjälp till dem. Jaan måste ha varit utmattad över och förbi det mänskligas gräns, förvirrad av kombinationen för lite föda och långvarig ansträngning. Vad hade hänt om Jaan inte kommit till skytteskäret? Eller om jag inte varit där? Vad hade hänt med Jaan, Vivi och deras lilla Helmi? Den bistra sanningen är att Jaan troligen inte kommit längre än till skytteskäret och dess omgivningar. Slutligen gett upp att krypa och åla sig fram. Legat kvar, stilla. Dött av utmattning och köld. Vivi hade dött av köld eller av infektioner som kallbranden orsakade. Vivis sista timmar måste ha varit fruktansvärda! All ångest, all förtvivlan, att ligga bara någon meter från sin lilla dotter och känna vanmakten att det finns ingenting hon som mamma kan göra. Hennes Jaan har gett sig iväg och inte återkommit. Det enda Vivi orkade göra var att ringa i stormklockan. Lilla Helmi hade förmodligen aldrig vaknat mer, stilla somnat in och varit död innan natten var över.

Även denna dag går. Det är dags för mat, blöjbyte, rap, dags att sova på nytt. Ja, för Helmi alltså. Inte för mig, jag har andra planer och de gäller bronscylindern och plomberingen. Eldar lite lagom i de båda värmekällorna och tänder båda fotogenlamporna. Det är inte överdrivet mycket fotogen kvar, sparlågor är det som gäller. En hel del gick ju åt för att få fyr på ekipaget där ute på isen. Konstigt nog börjar det kännas overkligt att allt det där verkligen hände och att jag var en huvudaktör för att inte säga huvudaktören. Dessutom är det en tidsuppfattning som är märklig. Jag vet att det hände i närtid, men tiden och dagarna har rullat på och det är snart dags för mig att bege mig tillbaka till min vanliga tillvaro. Hur ska det gå till? Ingenting är längre normalt, inte för mig. Och jag är inte ensam. Jag har ansvaret för en liten flicka vid namn Helmi, men för mig är hon Isflickan. Det är absolut nödvändigt att det löser sig på bästa sätt för den lilla!

– Okej, du mystiska cylinder av brons, nu är dags att först demaskera dig och därefter dissekera dig! Börjar jag bli tokig? Talar till ett ting som om det vore av kött och blod. Allvarligt beteende? Skitsamma, för nu är det spännande! Det är en högtidlig stund för mig. Jag har aldrig ens varit i närheten av en dylik pjäs som denna cylinder med ett välgjort sigill, ett insegel med tvåhövdad rovfågel. Knappast sparvhök, troligen örn, kanske havsörn? En symbol som gott som något. Mäktigt. Jag bryter plomberingen med darrande händer samtidigt som jag undrar när plomberingen utfördes och av vem? Förhoppningsvis vilar svaren i mina händer i denna stund. Jag tar tag i den del som ser ut att vara ett lock och det var ju här sigillet var placerat. Ingen vits med den placeringen om det inte var för att … Sakta och säkert lossade locket. Med ett ploppande ljud lämnar denna del cylindern öppen för inspektion. Jag tittar ner i det mörka runda hålet. Hålet liksom tittar tillbaka. Skärp dig nu, intalar jag mig själv. Vad är det värsta som kan hända? Att det detonerar en sprängladdning? I så fall borde det redan ha hänt när locket avlägsnades. Att det nere i mörkret tronar en råttfälla som slår till över mina fingrar när jag stoppar ner en hand? Hmmm … Jag lägger ett tygstycke på bordet och lutar på cylindern tills dess att innehållet glider ut. Och där ligger det nu framför mig. Är det allt tänker jag och erkänner för mig själv en besvikelse. Innehållet ser inte mycket ut för världen. I alla fall inte i min värld. Två påsar av skinn, förslutna med knytband av läder. Och en rulle med papper, ser ut som ett antal dokument.

– Är detta verkligen allt, så mycket väsen för ingenting? frågar jag mig med hes röst och tar cylindern i mina händer och skakar den i ett försök att få ut något som eventuellt har fastnat där inne.

Men cylindern är obönhörligt tom.

16

RYSKA POSTEN

LJUSET SOM DE båda fotogenlamporna ger är inte idealiskt, men jag kan ju skruva upp dem lite till vid behov. Trots den första känslan av besvikelse kan jag inte sluta nu, det får helt enkelt bli en närmare titt på innehållet. Dokument, är det månne gamla bygglovshandlingar, eller kanske dokumenterade svartbyggen i skärgården, grosshandlarvillor eller ... Men jag kommer att tänka på att detta kommer från andra sidan Östersjön. I alla fall nu, från början kanske de hade sitt ursprung i Sverige? Försöker uppskatta och jämföra vikten genom att hålla de två påsarna av skinn i händerna. Ungefär lika tunga. När jag försiktigt skakar på den ena påsen är det helt tyst, men när jag gör på samma sätt med den andra påsen klingar och plingar det.

– Okej, jag börjar med kling- och plingpåsen, säger jag och förklarar för mig själv varför jag börjar med just den.

Mest nyfiken på vad den påsen innehåller är den enkla anledningen. Häller sakta ut innehållet på det mjuka tygstycket som jag lagt ut som underlag. Trots den relativt svaga belysningen glänser och gnistrar det om skinnpåsens innehåll. Ett trettiotal smycken ligger framför mig på bordet. Jag vrider upp vekarna i fotogenlamporna och får betydligt mer ljus. Den ena veken vred jag upp lite för långt och den börjar genast att sota. Åtgärdar snabbt genom att vrida ner lite. Nu är koncentrationen på smyckena och de tål verkligen att bli synade! Enligt min lekmannabedömning är det guld, pärlor och ädelstenar som jag har att göra med här. Olika typer av smycken såsom ringar, örhängen, halsband, hängsmycken och broscher. Alla ädelstenar i vackra färger fascinerar. Rubiner, safirer, smaragder samt en och annan blekvit, förmodligen diamanter. Jag kommer på mig själv att sitta och le. Inte vilket leende som helst, enormt vitt och brett. Guldfeber? Jag har såklart hört talas om girighetsfenomenet. En smula oväntat om jag drabbas av en smärre släng av guldfeber här ute i ytterskärgården år 1942! Men jag känner en mystisk sinnesstämning när jag betraktar den förmögenhet i guld och ädla stenar som jag har här. Skakar på huvudet och försöker tänka logiskt. Vad handlar det här om egentligen? Är det fråga om smuggling? Krigsbyte? Vem är den rättmätige ägaren? Varför fanns denna förmögenhet i ett litet barns vagga? Vem ...? Nej, stopp nu! Det finns hur många oklarheter och frågor som allra helst. Jag måste försöka se helheten. Men för att få en helhet måste jag undersöka en sak i taget.

Okej, lugn nu. Dags att ta en titt på innehållet i skinnpåsen där det inte plingar utan där det bara känns oflexibelt homogent. Vad jag än förväntar mig i mina vildaste fantasier bleknar allt när jag ser detta föremål! En hänförande vackert grönskimrande tingest! Jag kommer inte på något bättre ord än just tingest. Vid närmare skärskådning ser det ut som en guldskimrande kanin på ett grönt ägg! Låter det simpelt? Jag kan garantera att så INTE är fallet. Det är fantastiskt och enastående vackert på en och samtida gång! Erkänner utan omsvep – jag drabbas av glädjefnatt! Rusar ut i snön med bara raggsockor på fötterna, ramlar i snön, rullar runt, ligger och skrattar med munnen halvfull med snö!

– Du är galen, på riktigt, sa jag till mig själv när jag lugnat ner mig och gått in i stugan.

Ut igen för att borsta av mig snön. Guldkaninen ligger på bordet, det gröna ägget är även det på riktigt. Stort som ett storskrakeägg. Ägget är utsmyckat med en mängd små gröna stenar, hantverket är utsökt! Kaninen är jämförbar i storlek med ägget, men vad gör en kanin på ett ägg? Jag tänker om, ifrågasätter det första intrycket. Kanske det är en hare! Om ägget är en symbol för påsken, ja då är det mycket troligare att djuret är en hare. En påskhare! Jag kommer att tänka på ordstävet "Ingen vet var haren har sin gång ..." Okej, kanin eller hare, spelar det någon roll? Inte för mig, i alla fall inte för tillfället. Konstaterade att detta konstverk är det mest imponerande jag sett över huvud taget, någonsin! Vem, vad, hur, när, varför ...? Ähh, lägg av för faan, det här blir bara mer och mer mystiskt och hänförande på ett par samtida tillfällen, eller vad det nu heter, tänker jag. Bäst att sova på saken. Låta det bero. Låter trevligt och vilsamt, men varken jag eller Helmi har den tiden på oss. Om två dagar måste jag ge mig av med Helmi i släptåg, bokstavligen, det vill säga att hon ligger nerbäddad i pulkan som jag drar efter mig när jag skidar över isarna. Tillbaka till fastlandet och mina vanliga rutiner med arbetet på det statliga verket, idrott såsom tennis och orientering med kompisar, träffa min syster och hennes familj. Men för Helmi är det inte fråga om att komma tillbaka. Hennes ursprung är på den andra sidan av Östersjön.

Och jag kan absolut inte komma hem till Stockholm med ett litet barn och säga:

– Titta vad jag hittade när jag var ute i skärgården och jagade sjöfågel!

Hur förklarar jag det? Nej, speciellt inte med min historik. Kurres försvinnande för tre år sedan när han och jag var ute i skärgården just för att jaga sjöfågel …Alla misstankarna mot mig, det tisslades och tasslades. Inte blev det bättre när jag hämtades i mitt hem av uniformerade poliskonstaplar och därefter satt i långa förhör. Jag hade inte någon förklaring till att Kurre var och förblev spårlöst försvunnen. Misstankarna mot mig, att jag hade någonting att göra med Kurres försvinnande, fanns kvar. Men Kurre hittades inte, varken död eller levande. Och inga andra spår eller ledtrådar heller för den delen. Utan några bevis, inte heller någon vetskap om Kurre var död eller om han i själva verket levde, gjorde att jag inte kunde åtalas. Allt det här med Kurres försvinnande hade från första stund varit som en mardröm för mig. Att myndigheterna på nytt skulle kunna ställa till ett helvete för mig behöver jag inte tvivla på. Att jag fick behålla mitt arbete, som dessutom är säkerhetsklassat, beror troligen på en kombination av min högste chef som har förtroende för mig samt att jag verkligen är mycket skicklig på det jag arbetar med. Men tålamodet har säkerligen en gräns och hamnar jag i trubbel med rättvisan på nytt kommer det troligen bli allvarliga konsekvenser för mig. Och det ska förmodligen inte spela någon roll om det inte heller denna gång finns konkreta bevis som talar mot mig. Men lilla Helmi kommer inte få någon bra start i sitt nya land om inte jag personligen ser till att ge henne det på ett säkert sätt.

Till viss del är mina tankar kvar i problemet och lösningen hur det ska gå till att ordna det bra för den lilla flickan, när jag till sist på allvar börjar studera rullen med dokument. Men när jag väl börjar inse vad jag har framför mig är koncentrationen på dokumenten hundraprocentig! Dokumenten är skrivna på olika språk och i stort sett samtliga av de totalt tolv dokumenten ser formella ut med stämplar, dateringar och underskrifter. Endast ett dokument ser annorlunda ut och saknar allt vad stämplar och underskrifter heter. Detta dokument ser mer ut att vara anteckningar, kanske minnesanteckningar från något möte, och ger ett högst informellt intryck.

Vad ska jag börja att fingranska? Jag tar ett dokument på måfå. Det visar sig vara skrivet på tyska. Min skoltyska är på en acceptabel nivå om jag ska betygsätta mig själv. Jag läser igenom hela texten två gånger. Inte illa! Och det är daterat i maj månad 1914. Månaden innan Det Stora Kriget började, det vi i Sverige numera kallar Första världskriget eftersom det som pågår nu alltmer har fått epitetet Andra världskriget. Och det gör det skäl för, speciellt sedan USA gick med i kriget nu i december efter japanernas attack mot Pearl Harbor.

Noterar med blyertspenna samtliga dateringar i tidsordning på ett papper. Tidsspannet visade sig vara ungefär fem månader under år 1914. Händelserna som startade Det Stora Kriget, alltså Första världskriget, ägde rum med början den 28 juni med de så kallade Skotten i Sarajevo. Det ena gav det andra och kriget gick inte att stoppa. Dessa dokuments första datering var från i början av mars månad och den sista dateringen i slutet av juli. Jag kan bara anta att det informella dokumentet även är från denna tidsperiod. Kan jag i mitt fortsatta antagande räkna med att bronscylindern förseddes med sitt insegel strax efter den sista dateringen? En gissning stark som någon och alltid någonting att utgå ifrån. Inseglet är inte försett med någon tidsangivelse vad jag har kunnat upptäcka.

Två av dokumenten är skrivna på det kyrilliska alfabetet och här går jag definitivt bet. Ryskt, så klart att det är ryssar inblandade! Då, år 1914, var det fortfarande den sista tsaren – Nikolaj II – som styrde i Ryssland. Jag gör försök att utläsa underskrifterna på dessa ryska dokument men får bara en aning, tycker mig känna igen den ena underskriften från något helt annat sammanhang, får fundera vidare på detta.

Flera dokument är på engelska och jag läser dem med allt mer stigande förvåning! Även ytterligare tyska dokument ger denna misstanke extra näring och styrka. Det pågick ett diplomatiskt spel på hög nivå. Vissa skulle förmodligen se det som högförräderi och åter andra att det var en avsikt att medla fred, möjliggöra eftertanke, att stilla sig och undvika krig innan allt gick för långt. Med facit i hand misslyckades allt vad fredstrevare heter. Hur hade världen sett ut då, om detta lyckats?

Då, år 1914, i ett Europa som glödde och rentav brann på många håll och av flera olika orsaker, var dessa dokument högexplosiva om de kommit i sådana händer som ville utnyttja dem för mörka syften. En hel del av personerna som skrivit under dokumenten var inblandade i de högsta ledningarna och styren i respektive land. Även nu, decennier senare, är vissa av dessa personer högst verksamma och ansvariga. Detta material var oerhört farligt att inneha då, 1914. Min bedömning är att det fortfarande är mycket riskabelt att inneha dessa dokument. Det kan slå tillbaka såväl i nutid som framöver. Historien skrivs av de som segrar och de anser inte att deras historieskrivning ska kunna ifrågasättas.

17

GE MIG EN ANLEDNING

DET INFORMELLA DOKUMENTET blir jag inte klok på. Skrivet som i telegramform ... är det på finska? Eller kanske estniska? Är det finnar inblandade? Svårt språk kan jag tycka. Kan faktiskt bara ett tiotal ord varav fem är räkneord. Märkligt nog vet jag vad jultomte heter på finska. Joulupukki. Den riktiga jultomten kommer förmodligen från Finland, i alla fall om man ställer en ledande fråga till en finne. Det sägs att var och en blir lycklig på sin tro. Om finnar blir lyckliga av Joulupukki må det vara så, väl unt! Vad heter jultomte på estniska? Förmodligen kommer den äkta jultomten från Baltikum. På ryska? Här ute bland de yttersta skären borde det absolut finnas ett litet bibliotek! En bokhylla i stugan skulle räcka långt. I alla fall om den var fylld med ordböcker, lexikon, etc. På diverse språk ... Det kyrilliska alfabetet, ett tsardöme för en ordbok på kyrilliska! Finsk ordbok och så vidare. Vad kan huset förmå i dagsläget? Ett antal dagstidningar som faktiskt allra mest finns på plats för att underlätta när det ska tändas eld i vedspisen och i kaminen. Okej, jag får i dagsläget nöja mig med det som gått att tyda.

– Märker att det finns en stor risk att jag uppfattas som tjatig, mumlar jag för mig själv och tittar samtidigt på Helmi som till synes sover lugnt.

Detta ständiga upprepande av frågorna: Varför? Vem? Vad? När? Hur? Med mera, med flera. Men om det går att rent hypotetiskt utgå från en del saker och händelser som ska gå att kallas sannolika och på så sätt få fram ett orsakssamband? Vad tror jag mig veta? Jo, dessa tre personer, Vivi, Jaan och Helmi, ger sig iväg från en ö utanför den baltiska kusten. De har fem hundar som draghjälp för att kunna ta sig över Östersjöns is i ett litet ekipage som består av en båt som står på en kälke. De har tillgång till specialgjorda kläder som bland annat ska tjäna som kamouflage. All utrustning är vinterkamouflerad, det vill säga vit. Deras mål i Sverige är, enligt en karta, en ö utanför Dalarö i Stockholms skärgård. Där ska de träffa, möta, en person som i en dagbok kallas Dr L. Strapatserna är förmodligen värre än vad de trott och hoppats på. Vivi bryter höger ben i en olycka. Deras förråd med mat, ved, etc, sinar. Och det lilla barnet utsätts för kyla, hunger. Föräldrarna blir allt mer utmattade och undernärda. Vivi förfryser tår och fötter i sin orörlighet. Och hon drabbas av kallbrand, som är ett livshotande tillstånd i den situation de befinner sig i. Samtliga hundar är borta, döda och uppätna. Jaan blir allt mer desperat. Men de är ju trots allt relativt nära, han till och med ser den svenska skärgården när sikten är god. Jaan lämnar sin kvinna och deras lilla barn ute på isen i ett desperat försök att finna och få hjälp!

Det slutade inte väl för Vivi och Jaan. De borde kanske ha insett att det som de gav sig in på innebar en mängd olika faror. Svårt, för att inte säga omöjligt, att se den fulla vidden av strapatser och kritiska moment som de var tvungna att hantera, klara av. Riskerna var enorma och ändå gav de sig av och som om inte det var nog, de gav sig ut på havsisen med sin lilla dotter! VAD var det som gjorde att de utsatte sig för detta? Kan inte tänka mig att det var frivilligt. Varför just nu, denna kalla vår? I och för sig innebar det unika isläget på Östersjön

en möjlighet, men var det bara det som avgjorde tidpunkten?
– Herregud, ge mig en anledning! sa jag högt och tydligt.
Helmi rörde sig lite men fortsatte att sova.

Att bronscylindern och dess spektakulära och hänförande innehåll har med saken att göra verkar högst troligt. Men bronscylindern har legat i träda sedan andra halvan av 1914, när Europa och världen brann förra gången. Vad är det som gör att cylindern så att säga aktiveras först nu, våren 1942? En gemensam sak är ju som sagt att det även nu pågår ett storkrig, men varför vänta tills nu? Innehållet borde ha kunnat komma till användning betydligt tidigare. Kan anledningen vara att ingen kände till bronscylindern och vad dess innehåll bestod av? Tillfället, anledningen eller möjligheten, när den var tänkt att användas kanske inte inträffade ...Den eller de som gjorde iordning bronscylindern kanske fängslades, dödades. Cylinderns existens föll i glömska, de som en gång haft kännedom är borta sedan länge. Återigen, varför nu, detta nådens år 1942? Vad har förändrats? Vad har inträffat som gör att de ger sig iväg med den plomberade cylindern? Kände de ens till cylinderns existens, att den fanns i ett lönnfack i vaggan? Om de visste att cylindern fanns där, visste de vad den innehöll? Visste kanske bara den ena av dem, mannen eller kvinnan, att cylindern låg där och vad den innehöll? Hur gamla var de år 1914, när cylindern förmodligen plomberades? Gissningsvis var de nu i år i trettiofemårsåldern. Möjligen var mannen ett eller två år äldre än trettiofem och kvinnan några år yngre än trettiofem. Nå, grovt uppskattat var de bara barn år 1914. Mycket svårt att tro att mannen och kvinnan hade varit inblandade i den plomberade cylinderns tillkomst.

Med utgångspunkt från cylinderns innehåll: Vad innehåller den? Jo, dels en förmögenhet i smycken och det hänförande konstverket med haren och ägget! Om nu allt är äkta vara? Och varför ska det inte vara det? Det gav ett mycket förtroende-ingivande intryck, men visst, det behöver säkerställas. Beträffande dokumenten är de med stor säkerhet mycket värdefulla för vissa personer! Dokumenten gav ett mycket seriöst och att-vara-äkta-intryck. Det mesta, alltihop faktiskt, är mycket åtråvärt av olika skäl och det är med stor sannolikhet farligt att vara innehavare. Troligen extremt farligt!

Kunde avsikten vara att cylinder med innehåll skulle vara någon form av säkerhet, en sorts försäkring att användas i en förhandling, eller var det ett ess att ta fram ur rockärmen för till exempel fri lejd? Eller en tänkbar utpressning? Att så länge man var innehavare var man säker men om man blev av med sitt trumfkort, genom att man till exempel blev avslöjad eller förrådd, då var man ute på farligt tunn is ...

18

TIDS ÄNDE

DET BÖRJAR SÅ smått bli rutin med matning, rapning, tvättning, blöjbyte och så vidare. Men snart är det slut med rutiner, åtminstone här på ön. Som väl är tycks Helmi bli allt piggare och gladare för varje dag som går. Hon behöver vara ett friskt och starkt barn för imorgon blir det strapatser på skärgårdsisarna. Redan tidigt på morgonen måste vi ge oss av och målet är en ö som ligger en rejäl bit in i skärgården. Sakta har en plan, hur lilla Helmi ska få en mycket bra chans här i livet, blivit allt starkare i mitt medvetande. Planen är annorlunda, genialisk, lite tokig och naturligt självklar! I alla fall om jag får säga det själv. Vad kan bli fel med denna plan? Hmmm, tja, kanske om det blir så att . . . Sluta, sluta omedelbart! Jag dividerar med mig själv. Från och med nu väljer jag att se möjligheterna med denna plan. Bara möjligheter och storheten i detta upplägg!

I de båda fotogenlampornas sken sitter jag och skriver med min blyertspenna. Det får duga, det måste duga, jag har inte någon annan penna, inte tillgång till bläck. Min första tanke är att skriva på baksidan av dokumentet där det är skrivet med texten som jag kallar "finsk telegramtext". Egentligen har jag inte en aning om vad det står på detta papper, detta dokument.

Kanske kan texten ge ledtrådar till den lilla familjen, men jag inser att här kan jag inte chansa. Detta dokument måste förstöras. Om någon, eller några, letar efter bronscylindern och de är framgångsrika och får den i sin ägo med allt vad det kan komma att innebära, ska spåren efter den lilla familjen med Vivi, Jaan och lilla Helmi ta slut där ute på havsisen, vid en iskant med mörkt djupt vatten inunder. Det finns som tur är några blanka brevpapper i stugan. Ett av dessa får bli det jag använder för att berätta min historia, min version.

Jag, Kalle Bruthus, lättar mitt samvete och erkänner att jag sköt mannen, men att det var en olyckshändelse och absolut inte med avsikt. Samt att jag utförde ett barmhärtighetsmord och kvävde den i kallbrand sjuka kvinnan. Deras lilla barn, en flicka, var iskall när jag fann henne. Kölden blev hennes död. Jag fann denna märkliga cylinder i den lilla flickans vagga. Lägger tillbaka det som jag hittade i cylindern, den enda skillnaden är att jag skrev denna bekännelse och, som synes, lade även denna i cylindern. Jag skriver under bekännelsen med mitt namn, platsen – alltså min ö – den så kallade Bruthusön, och datumet som är den åttonde april 1942.

När allt åter är på plats i bronscylindern tar jag fram en burk med gammalt knipfett och smörjer in insidan av locket samt den del på cylindern som locket ska träs över. Knipfettet luktar inte speciellt gott, men det är effektivt vattenavstötande. Jag trär försiktigt på locket och passningen mellan delarna är perfekt, ingen risk att vatten ska kunna tränga in. Vinden viner i skorstenen och jag hoppas att vinden mojnar till i morgon. Långsamt klär jag på mig ytterkläderna, allra sist drar jag på mig stövlarna. Med cylindern under ena armen går jag ut i den mörka aprilkvällen.

När jag väl är tillbaka vid stugan någon halvtimme senare är bronscylindern inte med mig längre. Vad mig beträffar är jag klar med den för alltid. Känslan är framförallt lättnad.

Det är nederbörd i luften. Snön faller med regninslag och snötäcket på marken är blött och tungt. För tillfället är sikten inte något vidare, men jag går ändå ett varv runt ön för att se om det finns något att upptäcka. Någonting som varken bör eller ska vara där. Inga människor ute i natt, i skärgårdsnatten. När jag går ut på isen märker jag att mildvädret tär hårt på isen och snön som befinner sig ovanpå isen. Här och där har det bildats virvlar där det uppstår ett ljud som bäst kan beskrivas som ett kraftigt slurp-ljud. Det är smältvatten som gröper ur isen och i de hål som bildas rinner smältvattnet ner i havsvattnet. Det känns ändå tryggt ännu så länge eftersom kärnisen på de allra flesta områden är intakt. Men hur länge till? Ingen vet, men det är bra att vi ska bege oss iväg redan i det första morgonljuset. Helmi sover lugnt och när jag känner efter är även jag trött. Lägger in ved i spis och kamin. Nu återstår det bara en sak att göra innan jag går och lägger mig. Jag öppnar luckan till vedkaminen och lägger in dagboken samt dokumentet med den finska telegramtexten i elden. De flammar upp, brinner och blir till aska.

– Synd på så rara ärtor, mumlar jag med grötig röst.

Jag tänker då främst på de fantastiskt välgjorda teckningarna som Vivi gjort. Det som jag bedömer är av vikt när det gällde kartan har jag memorerat. Nej, trots allt ingen ånger, det var tvunget att bränna den. En ledtråd färre! Och när det gäller dokumentet med telegramtexten har jag liten, eller rent av ingen, möjlighet att avgöra vad den kan avslöja. Riskminimering. Innan jag somnar funderar jag på det rådande läget och omständigheterna som lett hit. Jag kommer att tänka på uttrycket "Det var inte bättre förr, men det är värre nu" och somnar trots allt med ett leende.

19

GREPPA HÅRT

BARA DET NÖDVÄNDIGASTE. Välgörare hade gjort förberedelser. Lojala mot det gamla styret och människor från förr, människor som kanske inte fanns med oss längre. Och det hade gått lång tid sedan paketet kom i hans vård och blev hans ansvar, i sommar tjugoåtta år sedan själva överlämnandet. Att många inblandade nu var döda, det visste Jaan med stor säkerhet. Men vissa personer levde förmodligen. Jaan hade svårt att tro att de hade lyckats döda alla. Kanske hade uppdraget förts vidare, ärvts. Paketet kan liknas vid en stafettpinne, fumlades det och man tappade greppet var det hela över. Nu var det som det var, för sent att ångra sig, göra ogjort gick inte. Den ena stunden befann sig familjen i sin lilla stuga, för att i nästa stund vara på väg ut på havsisen, i mörkret, i en sorts iseka med tält som stod på en släde med medar. Ekipaget drogs av fem stora hundar, alla äppelgrå, i mörkret såg de alla likadana ut, men starka var de och färden västerut gick med bra fart de första timmarna. Den lilla flickan låg i sin vagga. Kvinnan satt på durken , det var mörkt under segelduken, men hon hade i alla fall möjlighet att vaka över sin lilla dotter. Mannen satt på slädens främre del och styrde hundarna vilket inte var helt enkelt i början men huvudsaken var att det gick fort och att riktningen var någorlunda rätt i början, bort bort bort, så långt som möjligt redan i kväll och under denna natt. Ett meddelande från "L" och det löd kort och gott: "Prioritera paketet", en karta var bifogad ...

20

CHANSLÖS

DEN DAG SOM i dag är ska det avgöras. Tillförsikt? Ja! Spänd? Ja, spänd förväntan, precis som det ska vara! Varm mat och dryck i termosar. Reser lätt, tar bara med det absolut nödvändigaste. Plockar isär vapnet, oljar bara in det. Jag avser att utföra den grundliga vapenvården när jag är hemma i Stockholm. Rullar därefter in vapnets delar i tyg och förvarar det i ryggsäcken. Normalt sett ska jag inte ha användning för vapnet på färden över skärgårdens isar, men nu är det ingenting som är normalt. Tvekar lite när det gäller det förståndiga att ha vapnet demonterat och nedpackat, men jag låter det bero, det får ligga kvar där det ligger. Skulle vi hamna i knipa är jag färdig att avlossa vapnet på mindre än en minut. Ammunition lättillgänglig i både jackfickor och byxfickor. Känner mig säkrare på det viset. En chimär? Möjligt. Men nu är det som det är. Har jag inte redan utfört "skjut först och fråga sedan" en gång för mycket?!

Bommar igen stuga och sjöbod. Det känns alltid vemodigt att göra det, men denna gång är det extra starkt vemod. Helmi är så liten. Kommer hon att minnas att hon har varit här? När får vi människor möjligheten att börja minnas? Kommer hon att ha minnen av sin mamma och pappa, deras ansikten, deras röster? Jag kan bara hoppas, kärleksfulla minnen av dem. Det vore fint.

Det börjar ljusna och vi ger oss iväg. Jag vill gärna kunna se och bedöma hur isförhållandena är. Det har hänt en hel del bara på två tre dagar med mildväder, vindar och strömt vatten. Jag som för mindre än en vecka sedan låg i stort sett stelfrusen på skytteskäret, hade kraftig köldfrossa och svamlade om Fimbulvinter. Ha! Ska jag aldrig lära mig? Det kan slå om fort vädermässigt i skärgården, speciellt gäller det ytterskärgården. Men faktum är att jag aldrig lär bli fullärd och det är en del av tjusningen med att befinna sig här ute, på naturens villkor.

Jag måste räkna med att åka skidor hela dagen med avbrott för ett par effektivt korta "mat- och blöjstopp". Målsättningen är att komma fram till målet innan det mörknar och vädret som råder ser ut att ge bra förutsättningar.

– En bra tennisspelare ska ha tur med nätrullarna, mumlar jag för mig själv och för Helmi om hon är vaken.

Vinden är måttlig och kommer snett bakifrån på vänster hand, vilket innebär kring sydost eftersom vi är på väg västeröver. Dessutom är det molnfritt och det får gärna hålla i sig eftersom det ger en lång och relativt ljus skymning. Vi får ett par åkbara timmar till om det skulle behövas. Bra att ha marginal. Och målet innebär en omväg än om vi skulle åka så att säga raka spåret. Så pass rakt det nu kan bli i skärgården när öar, kobbar och skär ska rundas på bästa sätt. Jag undviker helst att skida över öarna om det inte är nödvändigt på grund av iskvalitet i sund och grunda områden där strömmande vatten kan ha tärt på isen underifrån. I och med att jag färdas på just skidor, och flickan i pulka, bär isen länge och väl på grund av att vikt fördelas på stor åkyta. Just detta kan göra att det inte slutar bra eftersom man kommer ut en lång sträcka även på dålig is. Om man till slut går genom den dåliga isen är man riktigt illa ute eftersom det krävs att man tar sig fram genom is som inte håller att ta sig upp på och det kan som sagt röra sig om en avsevärd sträcka. Isdubbar är ingen livförsäkring i sådana lägen. Det gäller alltså att vara mycket uppmärksam på isens utseende och konsistens för att i tid undvika att komma ut på det farliga. En isbill är ett utmärkt redskap för att snabbt ge korrekt uppfattning om iskvalitet, men isbillen är en tung pjäs och lämnades kvar i sjöboden eftersom det i dag framförallt prioriteras lätt packning. Skidstavar som känselspröt är absolut inte fullgoda ersättare men bättre än ingenting.

Säkerhet och snävt vägval i en inte alltför ohelig allians. Jag kan inte förlåta mig själv om jag skulle försätta Helmi i en situation som jag inte klarar av. Målet för dagen är en ö som har det där lilla extra av i stort sett allt och som ligger relativt skyddad en bra bit in i skärgården. Framförallt består det där lilla extra av de som bor och verkar på ön. Birgit och Oskar Dirkensten är båda i tjugofemårsåldern och de är ett par sedan nära nog sju år. Dirkenstens är de enda boende på ön och jag har träffat dem vid flera tillfällen de senaste fem sex åren. Det allra märkligaste med Birgit och Oskar är att de verkar vara för bra för att vara sanna! Det var faktiskt det intryck jag fick den allra första gången jag träffade dem. Därefter gav ökad insikt och umgänge med dem en allt starkare övertygelse att de är äkta och genuina. Verkligt kul för dem och de har dessutom en imponerande ö som ger stora möjligheter till ett aktivt skärgårdsliv med skogs- och jordbruk. Jodå, det tar inte stopp där, finfina fiskevatten och jaktmarker där det är rikligt med vilt som skogsfågel, hare, rådjur och älg. Paret har dessutom en lokal där de bygger mindre flytetyg, till exempel ekor, jaktkanoter, jullar och kajaker. De exempel på deras båtbyggarkonst som jag har sett och faktiskt även erhållit chansen att både provro och provsegla har stärkt mig i uppfattningen att de klarar av allt som de ger sig i kast med. Apropå kast överraskar Birgit med att vara fena på jujutsu! Det var midsommarafton för fyra år sedan som vi firade midsommar tillsammans med ytterligare ett tjugotal skärgårdsbor och sommargäster. De vanliga midsommarlekarna som till exempel Hoppa säck samt dans kring majstången med bland annat Små grodorna och andra givna klassiker. Varför ändra på ett vinnande koncept?

Oskar överraskade mig med att fråga om det inte skulle vara kul att tävla i brottning?

– Tror du verkligen att du har någon chans mot mig? svarade jag ödmjukt kaxig.

– Nej, du ska inte möta mig. Du ska möta Birgit, sa Oskar och log.

– Ojdå, är Birgit verkligen med på det? Jag vill absolut inte göra henne illa, var min spontana kommentar.

Oskar svarade lugnt:

– Bäste Karl Bruthus, det behöver du absolut inte oroa dig för. Oroa dig för dig själv istället!

Och Birgit ställde gärna upp på lite kampsport, som hon kallade det.

– Ska vi säga först till två vinster? Var hygglig och gör ditt bästa. Vi kan börja när du är redo. Ge mig ett tecken, sa Birgit och intog någon form av färdigställning.

Jag höjde höger hand som tecken. Matchen var igång och jag sa:

– Jahadu Birgit, inte visste jag att du är en brottare.

Hon svarar lugnt:

– Ja, som jag sa för en stund sedan föredrar jag att kalla det för kampsport, eller ännu hellre jujutsu. Jag tar ett par steg mot Birgit och tänker att det kan vara kinesiskt eller svenskt, nu ska du få känna på ett gammalt hederligt nacksving! Plötsligt låg jag på marken, hjälplös!

– Hur tusan gjorde du det där? fick jag fram minst sagt mycket förvånad.

– Jag kastade dig enligt god jujutsu sed. Jujutsu är en kampsport som har sina rötter i Japan. Man kan beskriva denna stridskonst som en mjuk och följsam teknik utan vapen, sa Birgit som om hon höll en föreläsning i japansk stridskamps ädla konst. En till, först till två sa vi ju?!

– Nä men vänta nu. Japanskt säger du. Ska vi inte ta och pröva något annat? Armbrytning kanske? försökte jag.

I samma stund räddades jag av gonggongen, det var dags att ordna inför midsommarfesten med att duka fram mat och dryck.

På hösten samma år blev jag inbjuden av Birgit och Oskar att delta i älgjakten. Mycket trevligt umgänge och dessutom sköt jaktlaget två älgar, en kalv och en tjur. Sista dagens jakt var avklarad och det hela skulle avslutas med bastubad, mat och dryck.

Trötta, mätta och belåtna gick Oskar och jag och tittade på det båtbygge som Birgit och han höll på att färdigställa. Utsökt hantverk. Mycket bra materialval.

– Timmarna vi lägger på båtbygget och materialet är ingenting vi behöver tänka på när det gäller slutpriset, alltså att det blir för dyrt. Vi har fått fria tyglar så att säga. Kunden, som är en direktör från Djursholm och sommarboende på en ö lite längre in i skärgården, har sagt att bara det blir mer än mycket bra spelar priset ingen roll! sa Oskar och la händerna på relingen. Kvartersågad furu av speciellt utvalda extra långsamt växande träd. Vissa detaljer av ek, till exempel slitkölar, totalt tre stycken, ska även fungera som iseka så fin den är – sump har den också.

– Hur tror du kunden kommer att använda ekan? frågar jag Oskar.

– Lite finrodd vid sommarstället och han är förtjust i att

fiska gädda, har enligt uppgift ett par grynnor däromkring sin ö där det finns storgäddor. Då kan han få användning av sumpen under toften. Och så är det tydligen flera barnbarn som direktören med fru vill ska lära sig hur man hanterar båtar, att ro och fiska med mera. Så iseka den är och kallas tror jag att det närmaste den kommer att vara is är möjligen i någon grogg som herr direktören inmundigar i båten.

Egentligen vet jag inte varför jag frågade, brukar inte vara framfusig när det gäller privata och personliga saker, men jag sa trots allt:

– Här på Birgits och din ö skulle det vara fint för barn att växa upp. Ska ni inte skaffa ett par små båtbyggare eller kampsportare?

Oskar hajade till och tittade på mig med en sorgsen blick och sa:

– Det tycker vi också men vi har inte haft lyckan med oss. Men det kanske ordnar sig.

21

BYLTET VID ISKANTEN

LILLA HELMI ÄR fantastisk! Inga sura miner. När vi gör våra kombinerade mat- och blöjstopp äter hon glupskt och det går smidigt att byta blöja. Jag vill absolut inte att hon ska ligga med nedkissad blöja eftersom hon kan bli kall. Torr, varm och go är det som gäller. När hon väl ligger i pulkan igen ligger hon och spanar rätt upp, jollrar förnöjt och somnar efter en stund. Sjömil efter sjömil avverkas, eller ska jag säga kilometer efter kilometer? Strunt samma, vi är ju faktiskt PÅ sjön, på fruset havsvatten. Nå, vi avverkar vår rutt enligt plan. Men isen börjar bli allt sämre vilket märks påtagligt på vissa ställen. Broar av is mellan öar har bundit skärgården samman sedan i december. Nu är det andra förutsättningar mot hur det var tidig vinter, smältande tungor av is mellan öar, kobbar och skär, tungor som redan om något dygn kan vara upplösta, borta. Man säger ibland att isen sjunker. Kanske det. Jag skulle hellre kalla det för att isen löses upp till sin ursprungliga form, vatten. Vatten som är så "blaskigt" tänker jag och ler, ingenting att lita på, inte när man som jag åker skidor, det heter ju faktiskt "falsk som vatten".

Tankarna, orden och funderingarna snurrar. Jag börjar bli ordentligt trött. Blodsockerhalten är förmodligen låg. Jag är inte tjugofem år längre. Detta ständiga åldrande. Skärpning nu, sista biten, sedan är vi framme och det ska vi vara innan det mörknar! Jag lovar mig själv det för både Helmis och mitt bästa.

Det är fortfarande molnfritt vilket innebär bra förutsättningar för oss i och med att skymningen kommer långdraget skonsamt. Mycket riktigt är ljuset ännu med oss när Helmi och jag rundar en skogklädd ö och det blir fri sikt till Dirkenstens fina ö. Härligt! När vi kommer närmare ser jag att det är i alla fall en av dem, Birgit eller Oskar, som är nere vid båthuset och bryggan.

Det är Oskar och när vi bara är en liten bit ut på isen ropar han:

– Jaså minsann, det är du Kalle Bruthus som är ute och nöjesåker. Vi pratade faktiskt om dig häromdagen.

– Hej på dig Oskar, det var ett tag sedan vi sågs. Vad sa Birgit och du om mig? Någonting väldigt bra hoppas jag, svarade jag och log.

– Tyvärr inte väldigt bra, sa Oskar och skrattade. Han fortsatte: Nä, vi pratade om vårjakten på sjöfågel och då kom vi in på att det är din favoritjakt, eller hur? Men eftersom vintern, och våren, varit så pass kalla är ju sjöfågeljakten senarelagd i år. Aldrig hänt tidigare vad jag vet. Vart är du på väg förresten, borde du inte vara på väg ut till din ö?

– Det hade jag ingen aning om, hur har du fått reda på att jakten blir av senare? säger jag och tänker att det borde jag ha förstått att jakten skulle skjutas upp, det gick egentligen inte att jaga sjöfågel nu. Vilket skulle bevisas ...

Oskar förklarade:

– Vi hörde det på radion, på nyheterna. Du får ta och skida ut igen. Jakten börjar den elfte april och pågår som vanligt i tio dagar. Har du varit där ute på ön och jagat sjöfågel nu under ordinarie tid? Det kan inte ha varit en enkel match, det är väl is överallt? Dessutom har du brutit mot lagen om du jagat under olovlig tid! Du är numera en laglös man, en fredlös, sa Oskar och flinande.

– Visst driv med mig du. Men seriöst, precis som du säger, isen ligger även på havet. Jag har inte sett så mycket som en fågelstjärt. Ska man se sjöfåglar behöver man förmodligen bege sig ända till Öresund! Och svaret är nej, jag tänker inte bege mig dit ut nu igen. Jag måste hem till fastlandet och arbeta, sa jag och suckade ljudligt.

Birgit har tydligen sett att jag är på besök. Hon kom ut ur boningshuset och gick ner mot bryggan till oss. Jag står fortfarande en liten bit ut på isen med pulkan bakom mig. Nu gäller det! tänker jag. Hur blir deras första reaktion när de får se Helmi?

– Har vi fått finfrämmande? sa Birgit och såg glad ut. Trevligt! sa hon och fortsatte: Vi ska äta middag om en stund. Du är såklart välkommen att äta med oss!

Birgit fortsatte ut på bryggan och nu ser hon att det rör sig i pulkan och samtidigt jollrar Helmi. Hon har förmodligen hört våra röster och vill vara med i konversationen.

– Kalle Bruthus, VAD har du i pulkan? Är det ett litet barn?! Karlslok, åker du omkring på isarna med en bebis i en pulka!

Jag försöker skämta och säger:

– Ja titta vad jag råkade hitta när jag egentligen var ute bland skären för att fiska upp gammelgäddan! Birgit ger mig en skarp blick. Jag förstår budskapet: Det här är absolut ingenting att skämta om! Var bara tyst!

Birgit går ut på isen och fram till pulkan. Hon lyfter upp Helmi i sin famn och börjar genast gå mot boningshuset.

– Den här lilla behöver komma in i värmen, konstaterar Birgit.

Oskar och jag lommar efter. Jag låter skidor och stavar stå

kvar vid bryggan, men pulkan tar jag med mig till huset.

– Nu är jag verkligen nyfiken! Vems barn är det, för det är väl inte ditt? sa Oskar innan vi gick in.

– Om du väntar lite ska jag berätta allt för dig och Birgit.

Birgit sitter med Helmi i knät. Oskar dukar fram till mig och jag slår mig ner vid middagsbordet.

Jag undrar, möjligen lite oartigt framfusigt:

– Vad är det för middagsmat det bjuds på?

Oskar svarar lågmält:

– Det är hare med gräddsås och kokt potatis.

– Det låter fantastiskt gott, svarar jag och försöker låta obesvärad.

Det är en underlig stämning i rummet. Jag inser naturligtvis att både Birgit och Oskar är oerhört nyfikna på vad jag har för förklaring till detta, ett litet barn!? Jag, den inbitne ungkarlen. Och jag förstår att Birgit är irriterad, för att inte säga urförbannad, på mig eftersom jag visar mig vara totalt ansvarslös enligt hennes sätt att se på situationen! Ett litet barn i denna kyla och dessutom ute på de förrädiska vårisarna! Och som lök på skärgårdslaxen åker barnet i en ynklig pulka, upp till bevis!

Jag har förberett min historia noga. Tycker jag i alla fall och kan den framlänges och nästan baklänges. Ska man nödvändigtvis hålla på med att ljuga, ja då måste man se till att göra det mycket övertygande! Jag vill absolut inte bli påkommen med att ljuga, det är en hederssak för mig hur konstigt det än kan tyckas. En viktig detalj är att inte avslöja den lilla flickans riktiga namn och inte heller hennes föräldrars namn för den delen. Ju mindre Birgit och Oskar vet, desto bättre är det för deras egen säkerhet samt även för flickans.

– Den lilla flickan är nog hungrig och jag tror absolut att hon kan äta den här maten, sa jag till Birgit. Om man finfördelar köttet i små små bitar, mosar lite potatis och blandar det med lite sås tror jag att hon kommer att tycka att det är jättegott! fortsatte jag.

När den lilla får smaka maten tittar hon med stora ögon på Birgit, som matar henne med en liten sked. Den här maten gillar hon verkligen och det är naturligtvis ett välkommet alternativ till den spartanska meny som jag åstadkommit åt henne hittills. Birgit ser ut att ha glömt sin ilska och när den lilla ler mot henne är allt frid och fröjd. I alla fall för stunden. Men nu tycker både Birgit och Oskar att det är dags för mig att berätta.

– Ja, det här är som sagt en liten flicka och jag gissar att hon är ungefär sju månader gammal, började jag min berättelse och fortsatte:

– Det här kommer att ta en stund. Jag hoppas att ni vill lyssna, att ni har tid, och har ni frågor ska jag göra mitt bästa att svara på dem efter att ni har hört hela min berättelse. Är det okej att vi gör så?

Birgit och Oskar nickar jakande.

Jag harklar mig och fortsätter:

– Som ni känner till är vårjakten på sjöfågel en av mina stora passioner, förmodligen den största, men i år hade det förmodligen varit bättre att låta bli att komma ut hit i och med att issituationen är unikt besvärlig om man uttrycker det med en smula underdrivelse. Hur som helst var jag på plats. Jag var till och med ute på skytteskäret flera dagar i följd. Envis som synden kanske ni tänker och det insåg jag själv till slut och gav upp planerna på att ens få se en sjöfågel. Istället är jag i min rastlöshet ute och åker skidor på havsisen lite längre söderöver än vad jag brukar befinna mig. Väl där ute märkte jag att isen var av sämre kvalitet och jag hade mina funderingar att det kunde bero på att det var någon havsström som förde upp vatten från bottenskiktet som alltid har en temperatur på ett antal plusgrader, men allt det där om strömmar och vattentemperaturer vet ju ni. Nå, så gick mina tankar i alla fall och jag tyckte att det var korkat att ta någon onödig risk genom att fortsätta längre ut. Men just när jag tänker börja bege mig inåt mot säkrare is händer det sig att jag plötsligt blir medveten om ett ljud! Döm om min förvåning när jag inser att det är någon som ropar! Min första tanke är att jag hört i syne om jag får uttrycka mig så. Det är ju bara jag här ute, vad jag vet i alla fall. Men rösten hörs på nytt. Starkare, i desperation, det är ett rop från en människa i nöd! Jag spanar i syd- till sydostlig riktning eftersom det är därifrån jag tycker mig höra ropen. Mer anar än ser jag en rörelse ut mot horisonten. Det är någonting där ute, jag inser att det är en arm eller två som då och då viftar. Ropen hörs med allt längre mellanrum när jag åker mot platsen för rörelsen, det som viftar. När jag kommer närmare ser jag att det är två människor som ligger i vattnet. Eller man kanske ska säga att de ligger i issörja, eftersom det är ett mellanting. Varken is eller vatten. Det är en kvinna och en man som har gått genom isen och på isen ligger det ett bylte. Kvinnan kvider av skräck och mannen ropar desperat till mig. Men jag uppfattar inte vad det är han ropar. Det är inte på svenska men jag förstår såklart andemeningen. Och det är att kvinnan och mannen behöver hjälp. Akut hjälp! Jag har tyvärr ingen lina med mig, det enda jag har är skidorna och stavarna samt mina isdubbar. Om jag skulle krypa, eller allra helst åla, ut till dem med en stav framför mig skulle jag kunna ha en chans att dra upp dem. En stor risk i en sådan här situation är att den som ska räddas drar ner sin tilltänkta räddare i vattnet, och då slutar det med en katastrof för alla inblandade. Alltså, absolut inte direktkontakt, inte hand i hand, då är vi förlorade alla tre. Okej, för mycket information, det här känner ju ni som skärgårdsbor till. När jag är så pass nära dem att det bara är några meter till det finns en möjlighet att nå fram med min skidstav, då försvinner kvinnan plötsligt! Hon har gett upp och syns inte till mer. Det enda som är kvar är hennes mössa som ligger i issörjan. Mannen inser vad som just har hänt, att hon är borta och han skriker ut sin sorg. Jag har aldrig hört ett mer hjärtskärande och hemskt ljud än denna mans sorgevrål. Han tystnar efter en stund av utmattning och köld. Mannen ser mig i ögonen och försöker säga mig något, men som jag tyvärr inte uppfattar. Han pekar på byltet som ligger på isen. De måste ha lyckats med att kasta eller skjuta iväg byltet ett par meter från kanten där de ligger. Jag tittar på byltet och nickar till mannen att jag har förstått och ska just till att sträcka min skidstav, med handremsänden före, till mannen när jag bokstavligen ser hur hans krafter tar slut och även han försvinner i djupet. Det kommer en del luftbubblor upp till ytan. Därefter är allt stilla. Och obönhörligt tyst.

– Där ligger jag alldeles orörlig på isen och inser att jag just har bevittnat två människors död. Om jag själv inte ska möta samma öde är det bäst att jag lämnar platsen och tar mig in till säker is. Men mannen pekade ju på byltet och jag tror att han försökte säga något, vad vet jag tyvärr inte, men jag har nickat jakande till mannen och det är min förbannade plikt att ta hand om byltet, eller i vart fall undersöka det. Jag tar tag i byltet med vänster hand och släpar det med mig när jag i en form av självupptäckt kombination av stilarna hasning, ålning och att krypa, sakta tar mig baklänges till den plats där jag lämnade skidorna och den andra staven. Först nu vågar jag resa mig upp och jag ställer mig genast på skidorna för att fördela min tyngd. När jag tar en närmare titt på byltet upptäcker jag att det är ett litet barn som ligger inlindat i ett par filtar! Barnet är kallt om kinderna, likt en isbit, men det andas tack och lov! Jag pratar med eller snarare till barnet, men det reagerar inte. Nu gäller det att så snabbt som möjligt åka till min stuga och komma in i värmen. Jag stakar med båda stavarna i höger hand och håller samtidigt barnet i famnen med vänster arm. Växlar arm några gånger men skidföret är bra och det tar inte så lång tid innan vi når fram till stugan.

22

ERBJUDANDET

KALLE BRUTHUS TAR ett djupt andetag, ser Birgit i ögonen och därefter in i Oskars utan att blinka, och fortsätter sedan berättelsen.

– Det lilla barnet, som jag sa tidigare, en flicka som jag gissar är cirka sju månader, fick självklart all min uppmärksamhet de följande dagarna. Det är mest praktiska saker som vilken mat hon kan äta, vad hon kan dricka, blöjbyten, tillverka blöjor av lakan, tvätta flickan och hennes kläder och blöjor, se till att det är lagom varmt i stugan, med mera. Jag pratade en hel del till henne och i början tog det lite tid innan hon ens öppnade ögonen, men efter det har hon varit märkvärdigt godmodig. Äter, jollrar, rapar, kissar och bajsar, sover mycket … Och jag kallar henne för Isflickan. Jag hittade henne som sagt ute på isen. Jag misslyckades med att rädda kvinnan och mannen, som jag antar var hennes föräldrar. Men mitt i all bedrövelse lyckades jag i alla fall rädda henne. Hon lever i allra högsta grad. Och jag ser det som mitt självklara ansvar att denna lilla flicka ska få ett så bra liv som möjligt! Till saken hör att jag personligen inte kan ge henne det. Det är därför jag kommer till er, kära Birgit och Oskar, jag önskar mig ingenting hellre än att ni tar hand om denna lilla flicka! Ja, att ni tar hand om henne och ger all kärlek och omtanke ni förmår, som om hon vore ert eget barn! Jag föreslår att ni, så att säga, adopterar denna lilla flicka!

Både Birgit och Oskar tittar på mig med stora ögon och därefter tittar de på varandra.

– Innan ni säger någonting vill jag tillägga en sak som jag tycker är mycket relevant i sammanhanget. Vad är anledningen till att jag inte kan ge henne den framtid som jag skulle önska att hon får? Som ni känner till försvann min kamrat Kurre för tre år sedan. Han har inte hittats, varken död eller levande, och vad jag känner till finns det ännu inga som helst spår efter honom. Jag fick misstankar riktade mot mig och satt i långa förhör hos polisen. Allt detta tynger mig och det lär göra det så länge jag lever. Skulle jag komma tillbaka till Stockholm med ett litet barn skulle ingenting bli bra. Alla rättmätiga frågor som skulle ställas. Jag skulle absolut inte få behålla och uppfostra barnet. Nej, vad som skulle hända mig vet jag inte, men det som skulle hända denna lilla flicka är att hon endera skulle placeras på något mer eller mindre suspekt och uselt barnhem. Eller hamna hos någon fosterfamilj som, enligt min uppfattning, är som att spela rysk roulette. Det kan gå bra om man råkar ha tur, men det kan också gå fullständigt åt helvete! Ursäkta mitt språk. Jag förstår såklart att ni har hur många frågor som helst. Det värsta är att jag inte kan besvara frågor som: Varifrån kom föräldrarna och barnet? Varför var de ute på havsisen? Vad hette föräldrarna? Har det lilla barnet något namn? Kommer någon att leta efter henne och kanske göra anspråk på henne? Alltså någon släkting till henne, eller någon myndighet, eventuellt från något annat land. Jag kan bara bidra med en teori. Vill ni höra den?

Birgit och Oskar nickar.

– Jo, min teori är att denna lilla familj var flyktingar och att de flydde från andra sidan Östersjön och deras avsikt var att ta sig till Sverige. Det pågår ett storkrig och jag tycker att det är den mest sannolika förklaringen till att de var just flyktingar. Och mannen försökte ju säga mig något och jag förstod inte vad han försökte säga till mig. Språket kan ha varit estniska, eller möjligen finska. Men jag vågar sätta en peng på att det var estniska.

Jag gör en kort paus i mitt berättande, men fortsätter innan Birgit och Oskar hinner säga något.

– Jag kan föreställa mig att ni är mållösa. Detta var absolut ingenting ni hade väntat er! Med "adoption" avser jag att ni ska agera som om den lilla flickan verkligen är ert eget barn! Att hon föddes här ute i ert hus det och det datumet, månadsskiftet augusti-september stämmer bra med hennes troliga ålder. Och att ni är minst sagt isolerade här ute på ön men tyckte det var dags nu att se till att hon kom in i "myndighetsrullorna" så att säga. Namn bestämmer självklart ni. Ni bestämmer naturligtvis allt från och med i morgon bitti om ni väljer att tacka ja till mitt erbjudande. Jag måste bege mig vidare över isarna medan det ännu finns isar att åka på. Sov på saken och meddela ert svar till mig tidigt i morgon. Och säger ni ja, klipper jag alla band med flickan samt med er. Om det ska vara övertygande på riktigt blir det konstigt om jag har en sorts del i det hela och det kan leda till att jag råkar försäga mig eller att det är något annat som blir fel eller krångligt. Nej, det bästa för alla är att jag inte har någonting med detta att göra längre. Och jag önskar heller inte veta vilket namn ni ger henne. För mig kommer hon att vara Isflickan. Det är så jag vill minnas henne.

Birgit och Oskar ser helt omtumlade ut efter mina långa haranger av "visdomsord". Flickan sover gott i Birgits famn och vi vuxna äter vår hare med sås och potatis under tystnad. Oskar hjälper Birgit med maten eftersom det är lite knepigt för henne att äta med den lilla flickan i famnen.

– Ja du, Kalle Bruthus. Det här är en hemskt sorglig berättelse om den lilla flickans stackars föräldrar! Och nog så överraskande att du tycker att vi plötsligt ska bli föräldrar! säger Oskar och tar Birgits händer i sina.

– Ett mycket stort ansvar! säger en rörd Birgit.

Oskar fortsätter:

– Vi får ta det som en hedersam sak, och en komplimang, att du frågar oss! Birgit och jag måste få chansen att smälta detta och prata om det. Vi gör det i kväll och du ska få ett svar från oss tidigt i morgon. Det lovar jag!

Birgit nickar.

– Tack ska ni ha så länge. Och stort tack för maten, den var mycket god! För min del får flickan gärna sova hos er, sa jag.

Efter det att vi sagt god natt ligger jag i gästrummets säng och funderar. Om de säger ja, då är allt frid och fröjd som jag ser det. Men om de säger nej, vad gör jag då? Jag behöver en plan B. Och det ska vara, måste vara, en reservplan som är bra för flickan! En plan, ett förslag, som dyker upp i mitt huvud strax innan jag somnar är att min syster och hennes man ska "adoptera" flickan. Men den planen har betydligt fler svårigheter att tackla. Jag kommer att bli involverad vare sig jag vill eller inte. Har min syster fött barnet bara sisådär för sju månader sedan? Knappast övertygande. Eller ska de verkligen adoptera flickan på riktigt och enligt alla regler? Då ska det godkännas av myndigheter ... Ett minst sagt stort osäkerhetsmoment. Nej, att de går med på att låtsas att det är deras eget barn, syster min och hennes man, är bättre. Tycker jag ... Men, och det är ett stort men, de två barn som min syster och hennes man redan har, hur ska det fungera, hur ska barnen få en trovärdig förklaring till att de plötsligt har fått en lillasyster som är sju månader gammal, hur ska det kunna gå utan att de säger saker som avslöjar hela plan B? Aj aj, ser det framför mig: Hur jag hamnar i förhör, misstankar mot mig eftersom det var jag "som hittade barnet", etc. Somnar hållandes tummarna för ett JA från Birgit och Oskar. Klart bäst för alla som jag ser det. Det kan ju jag tycka, men det är Birgits och Oskars beslut och jag är tvungen att rätta mig efter det.

Morgon, redan … Jag har sovit oroligt inatt trots att jag var väldigt trött efter den långa skidfärden.

– Vasaloppet är väl ingenting mot gårdagens bragdlopp genom skärgården?! "Bragdguldet" som i en liten ask! skämtar jag med mig själv i väntan på besked från Birgit och Oskar.

Det känns enormt nervöst eftersom det handlar om beslut som är livsavgörande för flera människor. Är det kanske att överdriva? Nej, jag tycker inte det. Det har stor inverkan på hur livet ska komma att gestalta sig för den lilla flickan. För mig personligen är det viktigt på flera sätt, flickans liv som jag nu har ansvar för och hur ska framtiden bli för mig om paret säger nej till mitt förslag angående adoption? Vill helst inte tänka på det. Och dessutom skulle Birgits och Oskars beslut komma att få en stor inverkan på deras liv, deras framtid. Blev svaret ja skulle deras tillvaro förändras omedelbart. De skulle vara en liten familj, en barnfamilj, med allt vad det för med sig när det gäller i stort sett allt! En annan livsstil, ansvar, känslor och nya erfarenheter i med och motgångar. Skulle svaret bli ett nej, då får jag naturligtvis acceptera det, men jag kan tänka mig att Birgit och Oskar många gånger kommer att tänka på hur det kunde ha blivit om de hade accepterat mitt förslag. Det kan man såklart inte veta, alltså hur livet på ön skulle ha blivit, men man kan ju alltid undra och fundera. Förmodligen är det som Oskar sa till mig på den där midsommarfesten att Birgit och han inte kan få egna barn. Det här kan vara deras chans och jag tror att de kommer att bli mycket bra föräldrar till lilla Helmi. Trodde jag inte det skulle jag inte ha frågat dem.

Sanningens minut är inne. Birgit har den lilla i famnen och både Birgit och Oskar ser allvarliga ut.

Det är något som jag skulle beskriva som en högtidligt spänd stämning i rummet, en känsla av att något mycket betydelsefullt håller på att ske!

– Bäste Kalle Bruthus. Min fru Birgit och jag har noga tänkt igenom ditt förslag, eller vi kanske ska kalla det för ditt erbjudande. Och det är inte vilket erbjudande som helst, det inser vi verkligen. Ja, jag ska inte prata bort hela morgonen. Birgit vill du säga någonting till vår vän Kalle Bruthus?

Birgit nickar.

– Min man Oskar Dirkensten och jag, Birgit Dirkensten, har gemensamt beslutat att vi ska bli föräldrar till denna lilla flicka! Vi tackar alltså JA!

Birgit ser överlycklig ut i denna stund och Oskar kramar om henne.

Jag blir rörd och det kommer tårar i ögonvrårna.

Med en något grötig röst lyckas jag få fram:

– Kära Birgit och Oskar, nu gör ni mig till en lycklig man! Tack, ska ni ha och jag önskar er all lycka i ert föräldraskap!

Det börjar ljusna och det är dags för mig att farväl. Det är ett farväl för gott till alla de tre Dirkensten. Så känner jag det här och nu, i denna stund. Men det är klart att osvuret är bäst i det här fallet ... Jag kramar om Birgit och klappar försiktigt den lilla flickan på huvudet.

Min röst bär inte riktigt när jag säger:

– Lilla isflicka, du är fantastisk! Du finns i mitt hjärta och det kommer du att göra så länge jag lever!

Oskar följer med mig ner till bryggan där jag har mina skidor och stavar.

Vi skakar hand och jag säger:

– Tack Oskar! Det ni gör betyder mycket för mig och jag är

säker på att det kommer att betyda mycket för den lilla flickan och för Birgit och dig!

När jag har åkt ett par hundra meter vänder jag mig om. Oskar står fortfarande på bryggan. Han höjer armen som avsked och jag besvarade hälsningen. Ingen av oss kan veta det, men det visar sig att detta är sista gången vi ses. Jag skidar vidare, även idag har jag långt att färdas. Nu går det lite lättare eftersom lasten har minskat ...Men hallå! En bebis som väger sex sju kilo, vad är väl det för viktskillnad som verkligen gör skillnad i en pulka? Skärpning! Det är milda vindar från syd som gäller idag och det innebär att jag har vinden in på min vänstra sida. Inte motvind och det är skönt att slippa. Det är en hel del med både bräcklig överis och vatten på isen men det bör finnas områden med tillräckligt bra kärnis för att det ska gå att skida säkert in i skärgården. Till slut kommer jag att träffa på rännor i isen. Rännorna är gjorda av fartyg och då är det färdigåkt för mig. Jag blir tvungen att ta mig till någon ö som har reguljär båttrafik till Stockholm. Det ska nog ordna sig ...

23

EN VANLIG MEDBORGARE

HANS LÄGENHET VID Karlaplan ger ett intryck av att han inte varit härifrån över huvud taget. Nja, inte helt överensstämmande med verkligheten. Hans krukväxter, faktiskt alla tre, ser lite hängiga ut.

– Ni repar er snart, mumlar han när han vattnar dem.

För Kalle Bruthus är det overkligt vanligt på hemmaplan. Han går och handlar mat och kan inte låta bli att tänka på vad lyxigt det skulle ha varit att ha tillgång till allt sjöfågelkött, sjuttiosju ejdrar, alfåglar och eventuellt någon mer sorts dykand, knipor kanske. Men nej, det hade varit en chimär. Han ruskar på sig så att en äldre gentleman frågar:

– Ursäkta unge man, men hur är det med er, mår ni bra?

Kalle Bruthus uppfattar först efter en stund att den äldre mannen ställer frågan till honom.

Sedan fann han sig och sa vänligt:

– Åhh, tack för er omtanke, det är bra med mig.

Jag måste tänka på att var jag än är, vad jag än gör, vem jag än träffar, så gäller bara en sak. Och det är att vara som vanligt. Alltså är mitt bästa råd till mig själv: Var som vanligt och låtsas som om ingenting speciellt har hänt. Det är helt onödigt att ta några risker. Tänk på den lilla familjen i skärgården, Dirkenstens som mycket hastigt och dito oväntat har fått tillökning. Han flinar, just så! Skämta och driv gärna med dig själv, men gör det bara i dina tankar, i ditt eget huvud. Ingen annan ska få ta del av hemligheterna. Var självisk, tänk på dig själv. Därmed värnar du även om din syster, hennes man och deras två barn. Minimera riskerna! Riskerna som hänger samman med att han dödat två människor kan han ännu så länge styra själv. Och om det inte inträffar något oförutsett och han själv inte tabbar sig genom att prata om det som hänt, finns det ingen anledning till oro. Nej, den verkliga faran och riskerna kring detta, det som är orsaken till flykten från ön utanför den baltiska kusten, är det som med stor sannolikhet rör den plomberade cylindern. Och det anser han att han vet alldeles för lite om det för att kunna bedöma riskerna, faran, hotbilden. Med stor sannolikhet är det någon, nej förmodligen är det flera personer som letar efter familjen från andra sidan Östersjön. Vad vet de som letar efter familjen? Vad kan de rimligen veta? Vilka de letar efter? Ja, det vet de med stor sannolikhet. Vet de som letar att det finns en plomberad cylinder? Ja, det vet de förmodligen och då vet de troligen också att det är familjen som innehar cylindern. Vet de som letar efter familjen vad cylindern innehåller? En mycket svår fråga att kunna svara med säkerhet på, omöjligt faktiskt. Man kan bara spekulera angående vilken kännedom som finns om innehållet. Cylindern plomberades och försågs med sigill tidigast under andra halvåret 1914. Vem eller vilka som gjorde det vet man egentligen inte, likaså syftet är en gåta och hur cylindern kom i den lilla familjens ägo är också höljt i dunkel, minst sagt. Alldeles för många osäkra parametrar för att det ska gå att knäcka gåtan, koden. Kanske bäst att börja tänka från andra hållet om man kan uttrycka det så. Någon i Sverige väntar på cylindern. Någon annan part letar efter cylindern. Den eller de som väntar på cylindern vet kanske inte vem eller vilka som ska leverera cylindern. Den andra parten, som letar efter cylindern, vet vilka som försvunnit med cylindern. Ingen vet var cylindern är och inte heller var de som försvann med cylindern är. Ingen nu levande människa vet något av detta, förutom en person och det är jag, tänker Kalle Bruthus. Och vad kan jag göra med denna information som jag, så att säga, sitter inne med? För vems bästa ska jag göra det? Är det nödvändigt att det görs någonting? Ett sätt är att bara låta det vara, låta det falla i glömska. Ta med sig hemligheten i graven.

Veckorna går och kriget består. Men Kalle Bruthus försöker leva som innan kriget och även som innan de tio dagarna i ytterskärgården. Arbetet på det statliga verket kräver hans koncentration och det tycker han är bra, bland annat eftersom det hindrar funderingar på annat som han egentligen inte borde tänka på alls. Även att sporta och idrotta håller tankarna i styr. Tennis med kompisar och orientering i den orienteringsklubb där han är medlem sedan ett tiotal år. Kalle Bruthus hinner även umgås med sin syster och hennes familj. Han gillar verkligen alla fyra i familjen men han blir påmind om sådant som han helst inte vill tänka på, som till exempel det flyende paret. Under andra omständigheter hade de också kunnat vara en lycklig familj.

– Olika faller ödets lotter, säger Kalle Bruthus som ett konstaterande till sig själv.

Söndagsmiddag hos Ingrid, Orvar, Lotta och Ove. Min syster Ingrid öppnar när jag knackar på. Deras lägenhet ligger på Riddargatan inom bekvämt promenadavstånd från min lägenhet på Grevgatan som i sin tur bara är ett stenkast från Karlaplan.

Lotta och Ove kommer springande och Lotta ropar:

– Hej morbror Kalle!

Jag ska just till att heja tillbaka när Ove säger:

– Hej morbror gubbe!

– Ove, så hälsar man INTE på sin morbror! säger Ingrid lagom barskt, hon ser att jag skrattar åt hela situationen.

– Hej på dig Lotta – kul att se dig! Och hej på dig Ove – det är kul att se dig också! säger jag och ger min syster en kram. Gäller dig också! fortsätter jag och tillägger: Kul att se dig alltså!

– Detsamma och välkommen hit till platsen där LUGNET alltid råder. Men man ska väl vara glad att barnen är livliga antar jag, säger min syster och hänger upp min jacka. Hon tilllägger: Orvar är i köket och lägger sista handen vid någonting som han kallar för en "Kupongmiddag". Jag antar att det har att göra med krigstider och ransonering eller så skojar han med oss. Kanske han har kommit över något läckert! Min man har ju trots allt förankringar på en bondgård på landet!

Ingrid tar sin bror i handen och säger med låg röst:

– Maten är klar om en stund. Skulle du och jag kunna prata lite enskilt?

– Javisst, jag ska bara hälsa på kocken. Kommer strax! säger jag och går därefter snabbt till Orvar: Hej på dig, bonnläpp! Jag hörde av syrran min att du har en spännande överrskningsrätt att bjuda på!

– Hej på dig "Mannen från viddera!" Jaså, det säger hon, hustru min. Ha inte för stora förväntningar. Det kan ju vara så att jag försöker med klassikern "Att koka soppa på en spik!" svarar Orvar snabbt. Alltid lika rapp i käften, tänker jag, och jag gillar det.

Ingrid ser på mig med en min som allra mest uttrycker fundersamhet.

– Snälla du, titta inte på mig sådär! säger jag en smula bedjande.

– Storebror, när vi sågs senast tänkte jag mest på att du inte var dig lik. Det var som om du var långt borta i tankarna och att det inte var behagliga tankar, snarare tvärtom. Nu vill jag att du talar om för mig vad som oroar dig! Jag märker att det är någonting och det gör mig bekymrad. Berätta och gör det nu! Vi kanske kan hjälpa dig!

Ajdå, är jag verkligen så pass lätt att genomskåda, det var inte bra.

Men istället för att dela dessa tankar säger jag till Ingrid:

– Kommer du ihåg för tre år sedan när min kompis Kurre försvann att jag var ordentligt omskakad och nästan deprimerad av hans mystiska försvinnande. Med tiden har det såklart blivit bättre, men nu när jag skulle bege mig ut dit och även när jag var där ute kom många av känslorna, framför allt saknaden, tillbaka. Då är det inte enkelt att vara sorglös och glad när jag tänker på vad som kan ha hänt Kurre.

– Jag förstår att du blir påmind om Kurre när du är där ute. Ni har ju haft så många fina stunder i skärgården. Det jag däremot inte förstår är anledningen till att du begav dig dit i år när det inte fanns några som helst förutsättningar till lyckad jakt eftersom det var för mycket is! Och mycket riktigt hade myndigheterna senarelagt jakttiden på grund av isförhållandena. Men du visste inte om att tiden var flyttad, eller hur?

Och Ingrid fortsatte:

– Lovar du att det inte är någonting annat? Pengaknipa? Kärleksbekymmer?

Jag svarade med att försöka skoja bort hennes frågor:

– Orsa kompani lovar ingenting bestämt!

– Vad menar du med det? Att du inte kan lova mig det, eller att du inte vill? sa Ingrid.

Jag räddades ur situationen i och med att Orvar kom och sa att maten nu stod på bordet.

24

DALARÖDOKTOR

VÅREN HAR BÖRJAT övergå i försommar och mina fort-
satta försök att lägga all energi och koncentration på arbete
och idrott har tidvis gått bra. Men det som gnager finns där
inom mig och då och då bubblar det upp. Kärnfrågan är: VEM
var det som skulle möta familjen? Denne någon som i dag-
boken gick under beteckningen "Dr L". En kontaktperson
som skulle ge dem beskydd och som skulle överta den plom-
berade cylindern. Vad skulle det annars ha varit för vits med
den riskfyllda färden, flykten, med ett litet barn? Nu ältar jag
det igen, men jag kan helt enkelt inte låta bli, inte få detta ur
mitt huvud även om jag kanske skulle önska det. Samtidigt
vill jag ha svar. Träffa Dr L öga mot öga. Om jag fick chansen,
vad skulle jag säga, vad skulle jag fråga, fråga allra först, jag
har många frågor, skulle jag få svar? Det kanske är hemligt,
krigshemligheter, brickor i ett större spel, det pågår faktiskt
ett krig. Sverige är visserligen neutralt, sägs det. Jag visste en
hel del om den så kallade neutraliteten. Alltid bra att vara på
segrarnas sida, men det hade svängt det senaste året, andra
såg nu mer ut som troliga segrare. Ett dilemma för ett neutralt
land som Sverige gav sken av att vara, kappvändning i den
högre skolan, vända plagget ut och in. Enkelt för mig att sitta

här och tycka vad som är rätt eller fel, vad som borde ha gjorts istället. Oftast är det varken svart eller vitt, det finns gråzoner. Det här imponerande byråkratiriket suger musten ur oss, men man kan inte påstå annat än att det görs med finess, sakta och säkert. Spiontätt i detta landet? Förmodligen är det på det viset och särskilt i Stockholm. Emigrera, är det ett alternativ, är det verkligen rätt läge nu, bege sig åt det andra hållet, alltså österut till den baltiska kusten. Lösa mysteriet på plats så att säga, finna den plomberade bronscylinderns ursprung och syfte. Det vore verkligen något extra, möjligen huvudet kortare på kuppen? Nej, jag börjar istället med att besöka Dalarö, enklare och närmare samt förmodligen trevligare samt inte lika farligt som att bege sig i österled.

Kartans inprickade led slutade på en ö utanför Dalarö. Egentligen inte långt från ön där August Strindbergs tillbringade en hel del tid och man kan med fog säga att hans mästerverk "Hemsöborna" har sitt ursprung där. Flyktingarna hade behövt ta sig över en och annan farled utanför Dalarö om de väl kommit så långt. Någon skulle förmodligen möta dem, men först blev de försenade på grund av benbrott och därefter dog de. Fullt giltiga skäl. Ingen kom över isen. Vad gjorde kontaktpersonen Dr L då? Väntade ... Det borde ha funnits en reservplan, mycket kan hända under en sådan färd, till exempel förseningar, och ingen möjlighet att meddela sig, kommunicera. Någon medhjälpare till Dr L som väntade och spanade längre ut i skärgården? Till exempel på Huvudskär där det finns bofasta. Men dit kom de inte heller, inte ens i närheten. Vilse? Men inte hur länge som helst. Dr L borde relativt snart insett att det inträffat något allvarligt. Lede fiendens verk? Hur får man reda på det, hur får man reda på något överhuvudtaget? Underrättelseverksamhet, dubbelspionage, förräderi? Jag kan spekulera hur mycket och länge som helst utan att bli ett uns klokare. Nej, det som gäller är att göra ett besök i lejonets kula – hos Dr L.

Vad är det som säger att Dr L går att finna på Dalarö? Kanske något av ett långskott, men det verkar troligt eftersom det är närmast kartans visade slutstation. Nära till en plats där flyktingarna skulle kunna gömmas och där de i bästa fall skulle kunna vara i säkerhet.

Jag utgår från min teori att "L" står att finna på eller i närheten av Dalarö. Telefonkatalogen är en källa till kunskap. Under rubriken "Läkare" finns det tre namn på Dalarö med omnejd. Ett namn är högintressant: "Lattan", Doktor O. Lattan! Allmänpraktiserande läkare. Adress på själva Dalarö. Ett telefonnummer … ja, det finns såklart!

– Detta är ju för faan telefonkatalogen, säger jag och skrattar åt min märkliga tankevurpa.

Ska jag ringa omgående? Har jag gått för mycket på bio och sett spionthrillers och liknande? Bäst att ringa från en telefonkiosk, finns vid Karlaplan. Det är söndag, undrar just om Doktor Lattan har helgjour eller vad det kallas? Att prova att ringa kan väl inte skada? Det värsta är väl att man stör på en söndag. Jaja, vad ska jag säga? Ska jag uppge mitt riktiga namn? Nej, behöver ett alias. Väljer att kalla mig Kent Bertilsson, är från Sorunda, det ligger ju på Södertörn, cykelbart avstånd. Vilket är mitt ärende? Är jag sjuk, eller ringer jag för en god väns räkning, som är sjuk …vad har denne gode vän för sjukdom tro? Kanske feber och ont i halsen, troligen halsfluss, tappat rösten kan inte ringa själv …Jag får improvisera lite, men det får inte bli "Goddag yxskaft".

Lugnt vid Karlaplan denna fina söndag i början av juni. Skön temperatur i luften. Jag undrar vad de gör där ute på ön, Dirkenstens? Kanske snickrar ihop en säng till Helmi, kanske de gör en vagga till henne? En kvinna står och pratar i telefonkiosken, men det blir snart min tur. I med mynt, tittar på lappen där jag skrev Doktor Lattans telefonnummer. Fingerskivan snurrar, det blev väl rätt nummer? Avvaktar, signaler går fram, många signaler. Inget svar. Kanske det blev fel nummer? Provar på nytt. Ser noga till att det blir siffror enligt noteringar på lappen. Såja, inga misstag. Men inget svar denna gång heller. Tja, det kan ju bero på att det är söndag. Doktor Lattan är ledig och sitter och metar abborre på någon brygga, fantiserar jag och går hem.

Ett kort meddelande kommuniceras:

"Aktivitet gällande Doc på ön. Idag söndag kl. 18:17, två telefonsamtal inom några minuter. Höj nivå. Slut."

Är det lönt att hålla på att försöka ringa till denna Doktor Lattan? Han kanske inte vill säga någonting på telefon och jag bränner mina skepp. Jag vet ju inte ens vad jag ska säga, hur jag ska kunna närma mig ämnet utan att det blir konstigt och misstänkt i samma stund som det sägs? Tillfället kommer som en snigel och försvinner som Jesse Owens, med andra ord oerhört snabbt! Bäst att inte försöka fler gånger per telefon, utan istället förena nytta med nöje och ta en långhelg ute på Dalarö. En minisemester med inslag av faktainsamling på hög nivå. Spännande och avkopplande, i alla fall förhoppningsvis den kombinationen. Jag arbetar även halv dag på lördagar och tänker mig en cykeltur ut till Dalarö. Stanna ett par dagar på pensionat och sedan cykla hem till Stockholm uppfylld av nya intryck, erfarenheter och kunskap. Så ser min plan ut och för att kunna genomföra den behöver jag ha en ledig fredag samt den halva lördagen. Och gärna vackert väder, cykla i ösregn är inte speciellt lockande. Erhåller en och en halv dags semester och cyklar iväg från Grevgatan torsdag eftermiddag. Det är snart midsommar och det blir inte riktigt mörkt och vädret är på min sida ännu så länge. Cyklar på i lugnt tempo. Det är inte mycket trafik och jag är i bra form fysiskt. Jag kan tacka främst orienteringen för det men även tennisen bidrar till mitt fysiska välmående. Vad kan jag vänta mig av besöket på Dalarö? Vänligt bemötande? Konfrontation? Ifrågasättande? Vad ska och kan jag berätta utan att avslöja mig för mycket … mitt namn? Nej, ett alias behövs, jag har ju sedan tidigare Kent Bertilsson från Sorunda, håller mig till det. Mitt ärende … Hur få information utan att avslöja något tillbaka? Usch, jag börjar inse hur svårt, för att inte säga omöjligt, detta är. Vända om och cykla hem? Nej, ta nu och åk ut till pensionatet. Njut av vistelsen på Dalarö, strunta i att försöka få kontakt med doktorn. Utvilad och fräsch cyklade jag hemåt på söndag eftermiddag. Kanske bäst att det blir på det viset. När jag rullar över bron till Dalarö känner jag doft av både hav och syren, mmmm.

Fredag morgon. Jag sov mycket gott efter det att jag anlände till pensionatet sent igår kväll. Det fina försommarvädret håller i sig och det passar mig perfekt eftersom jag tänker ägna en stor del av dagen att cykla omkring på Dalarö. Och nu när jag ändå är här MÅSTE jag ta mig till Lattans adress och se huset – bara titta, inte röra. Hittar ganska snart till rätt adress. Huset är inte stort men man kan kalla det för ett Snickarglädjehus. Prydligt och en dito trädgård. Sakta rullar jag förbi. Gardinerna ser ut att vara fördragna överallt och det syns inte till någon människa på tomten. Jag hinner konstatera att det endast står husets nummer på brevlådan. Inget personnamn men adressen är rätt, i alla fall om jag ska tro telefonkatalogen. Jag bestämmer mig för att cykla en sväng på Dalarös små vackra vägar och ner till bryggor och sjöbodar på den sydöstra sidan. Farleden går helt nära. Var det här den lilla familjen skulle ta sig över den då, i våras, av fartyg uppbrutna isrännan? Det är nära Lattans hus. Vilka kontraster det är på bara knappt två och en halv månad! Då, i början av april, var det full vinter trots att april är en vårmånad. Nu i mitten av juni när jag upplever detta är det svårt att föreställa sig att det kan vara något annat än sommar här på Dalarö.

När jag efter några timmar återigen "råkar" cykla på vägen som leder förbi Lattans hus tar jag mod till mig och kliver av min cykel, öppnar grinden och går in på en prydligt krattad grusgång. Jag leder cykeln och tittar bakom mig och får lite dåligt samvete när jag ser att både mina fotsteg och cykelns däck gör tydliga spår i gruset. Men de är, konstigt nog, de enda spåren på grusgången. Det verkar inte som att det är någon rusning till läkarpraktiken, eller också har det här krattats alldeles nyligen, tänker jag medan jag sakta går fram mot huset. Stödet på cykeln är tyvärr trasigt. Istället lutar jag cykeln mot ett träd. Okej, nu förutsätter jag att det är någon här och att denne någon öppnar dörren. Kanske det är doktor O. Lattan själv eller kanske hans sekreterare och ...Vad säger jag då? Börja försiktigt med att jag presenterar mig samt det som är mitt ärende. Något alldagligt namn ... varför börja ändra sig nu, jag använder Kent Bertilsson. Och jag är från Sorunda. Det ligger på Södertörn och det är cykelavstånd hit till Dalarö ...upprepar detta som ett mantra. Ärendet är att jag har en åkomma, är allt lite sjuk. Och det är en arbetskamrat som heter Lasse Sahlin och som är lite av en hypokondriker som rekommenderade mig att söka mig hit, eftersom en vän till herr Sahlin med gott resultat kontaktat er tidigare, bla bla ...
Jag avbryts i mina funderingar av att dörren öppnas.
Det är en kvinna som öppnat dörren, hon ser på mig och frågar svalt och neutralt:
– Och ni min herre, vem är ni?
Jag försöker vara lugn och saklig när jag svarar:

– Mitt namn är Kent Bertilsson och jag är från Sorunda som ...

Längre hinner jag inte förrän kvinnan något överraskande avbryter mig.

– Vilket är ert ärende? frågar kvinnan lika svalt och neutralt som tidigare.

Jag känner att jag hamnat på defensiven men jag försöker ändå att hålla mig till min plan:

– Åh, ursäkta mig! Jag har inte avtalat tid men genom en arbetskamrat, en hypokondriker som heter Lasse Sahlin, blev jag rekommenderad att komma hit till Dalarö och ...

– Vill ni vara så vänlig och komma till saken. Jag är på väg till ett brådskande möte och har egentligen inte tid med er herr Bertilsson, sa kvinnan utan att höja rösten det minsta.

– Jag förstår, kort och gott, jag söker Doktor Lattan.

– Jaså, det gör ni. Men vilken av dem?

Jag blir lite ställd, men jag svarar helt kort:

– O. Lattan.

Kvinnan ler och säger:

– Det finns två O. Lattan – Olivia Lattan och Orra Lattan – dotter och far. Läkare båda två.

Förmodligen ser jag både ut som ett frågetecken och beter mig som ett.

– Jaså, det hade jag ingen aning om. Finns båda två här, eller en eller den andre, alltså på den här adressen, eller ska jag söka dem någon annanstans?

Kvinnan svarar kort:

– Vänta här, herr Bertilsson. Jag kommer strax.

Och så går hon tillbaka in i huset och stänger dörren. Kvar står jag och känner mig som en idiot. Ska jag helt enkelt dra mig ur och smita iväg från den här situationen innan jag gör bort mig ännu mer? Jag hinner bara gå fram till min cykel när kvinnan öppnade dörren på nytt och den här gången kommer hon ut. Jag får en känsla av att någonting har förändrats.

– Herr Bertilsson, ni är en man med tur! Jag ska träffa min far, Orra Lattan, på Utkiksberget. En promenad på inte ens tio minuter, så lämna cykeln här. Det finns inga cykeltjuvar på Dalarö, här bor bara hederligt folk. Kom nu, sa hon och visade tydligt att hon vill gå arm i arm.

Och sedan sa hon:

– Ursäkta mig min oartighet, herr Bertilsson, men jag har inte presenterat mig på riktigt. Det är alltså jag som är Olivia Lattan. Trevligt att råkas!

Vi tog varandra i hand och jag höll på att säga mitt riktiga namn, men i sista stund blev det:

– Ka …Kent Bertilsson – trevligt!

Puh, det var nära ögat.

Här går jag plötsligt och olustigt arm i arm med den ena av de två ”O. Lattan”. Kanske det finns ännu fler, tänker jag lite förvirrat? Om det är så att det finns fler av dem kan det knappast vara på det viset att de också är läkare. Eller är det en familjegrej, en släkttradition? Men om jag utgår från att det trots allt ”bara” är två O. Lattan. Vem av dem är det som avses i dagboken? Eller kan det vara vilken som helst av dem, att det går lika bra vilken som? Eller är det för att förvirra, skicka ut dimridåer?

Jag försöker tänka ut en fråga, eller möjligen två, som gör att gåtans lösning är inom räckhåll. Vad vet denna kvinna egentligen? Är hon endast sin fars kollega som god läkare eller är hon med honom i allt, även det som rör flyktingar från öst och en insmugglad cylinder med ett innehåll som överträffar det mesta? Cylindern är en sak, dagboken och dess karta är en annan. Dagboken är nutid. Kartan är gjord nyligen. Olivia Lattan kan mycket väl vara den ”O. Lattan” som avses i denna bok. Kan delaktigheten i det som rör det centrala i den här historien, och det är bronscylindern, gått i arv? Kvinnan Lattan är i trettioårsåldern, mannen – pappa Lattan – borde vara femtiofem till sextiofem år. Okej, säg att han fick dottern när han var trettio år, ett antagande som verkar rimligt. Nu är det år 1942 och när cylindern plomberades var det med stor sannolikhet andra halvan av 1914. Det är tjugoåtta år sedan … Herr pappa Lattan skulle då, år 1914, varit i trettioårsåldern. Det är högst tänkbart att han kan ha varit delaktig i skapandet av cylindern. Frågan är varför han i så fall var med om det? Och sedan kommer alla följdfrågor. Kan jag vara framfusig och ställa någon fråga till Olivia Lattan för att försöka utröna om hon känner till flyktingarna, cylindern, etc.? Eller avslöjar jag mig då?

De har promenerat under tystnad men nu bryter Olivia Lattan den:

– Herr Bertilsson, jag har stämt träff med min far på en vacker plats. Det är en fantastisk utsikt ut över skärgården söderut från denna plats.

Jag tänker att ett par frågor, som kan stärka mig i tron att Olivia Lattan faktiskt inte är flyktingarnas kontaktperson, är rätt att ställa nu.

– Jag ser fram emot att träffa er far och jag ser även fram emot att få uppleva platsen med den fantastiska utsikten! Om jag minns rätt, jag läste lite om Dalarö och dess sevärdheter inför min resa hit, är den stora fjärden som kan ses söder om Dalarö känd för något speciellt. Men nu kommer jag inte ihåg ens vad fjärden heter och ännu mindre vad det är som gjort den känd. Upplys gärna en okunnig lantis angående vad fjärden heter och vad den är känd för?

Jag hinner knappt ställa frågorna innan jag tänker att vad bevisar det egentligen om hon inte kan besvara frågorna? Samt vice versa, om hon vet svaren, vad bevisar det? Hon behöver ju inte vara någon sorts expert på skärgården för att veta detta med fjärd och namn, det räcker med att hon bor och verkar här. Kanske är hon uppväxt här och känner till allt vad sevärdheter, öar och fjärdar heter? Men hennes svar förvånar mig storligen.

– Fjärden heter Dalaröfjärden och den är känd för att det är rikligt med fisk. Var det detta som herr Bertilsson läst? Fjärden är känd för andra saker också, det kan vara det som herr Bertilsson tänker på. Svaret förbryllar som sagt. Ingenting stämmer. Varför ge sken av att veta svaren när hon i själva verket är helt ute och cyklar?

Innan jag hinner komma på en vettig anledning till kvinnans svar säger hon plötsligt:

– Jag ser på klockan att vi är lite tidiga. Kan vi sätta oss och ta en liten rökpaus?

– Javisst kan vi göra det. Ja, jag röker i och för sig inte men rök ni för all del, svarade jag artigt och belevat.

Olivia Lattan nickar mot en liten syrenberså där det finns ett par bänkar.

– Vackert och ogenerat, där kan vi sitta, säger hon och går före mig in i bersån.

– I Stockholm slog syrenerna ut redan för en dryg vecka sedan. Här verkar det som om de slagit ut de senaste dagarna. Alltid lite varmare i huvudstaden än här ute där det är närmare det på försommaren relativt kalla havet. Gäller våren. På hösten är det tvärtom, men utan inblandning av blommande syrener såklart, säger jag förnumstigt mest för att ha någonting att säga.

Vad är det jag snackar för rappakalja tänker jag i samma stund?! Jag ska ju ge sken av att vara en lantis från Sorunda och här pratar jag om väderförhållanden i Stockholm och hur det är nu med blommande syrener! Idiot, igen!

Den röksugna Olivia Lattan sätter sig på en av de två bänkarna och säger vänligt:

– Bäste herr Bertilsson, var nu så snäll och slå er ner här

bredvid mig! Jag börjar få dåligt samvete eftersom jag uppehåller er halva dagen med mina göromål. Ni har säkert annat för er som ni vill prioritera, ni kanske ska träffa någon på Dalarö i dag?

– Ehhh, nej jag har ingenting inbokat, möten eller så. Och ni behöver absolut inte ha dåligt samvete, det är ju jag som ska tacka er som ger mig chansen att få träffa er far, säger jag samtidigt som jag sätter mig bredvid henne på armlängds avstånd. Lagom. Inte för nära att det verkar påfluget och inte heller för långt bort att det kan ses oartigt eller att jag lider av bacillskräck eller någon annan sorts fobi. Hon har redan tagit fram ett cigarettpaket ur sin handväska och några sekunder senare har hon en cigarett i höger hand.

– Åhhh, vad det är vackert här! Herr Bertilsson, får jag be er om en tjänst? Skulle ni vilja vara vänlig och tända cigaretten åt mig? Min cigarettändare har krånglat ett tag nu, men ni som är man och förmodligen händig med tekniska saker förstår er säkert bättre på tändaren än vad jag gör. Samtidigt som hon sa detta la hon sin vänstra hand på mitt högra knä. Armlängds avstånd var det ju tänkt, hann jag tänka och samtidigt kände jag hur jag rodnade.

Hon såg uppenbarligen detta och sa:

– Men snälla herr Bertilsson, gör jag er förlägen. Det är absolut inte min mening!

Samtidigt som hon säger detta stryker hon sakta med sin vänstra hand över mitt högra lår.

Jag svalde och sa:

– Ge mig tändaren. Jag kan göra ett försök.

Olivia Latten tar fram tändaren ur sin handväska och räcker tändaren till mig samtidigt som hon ser mig rätt i ögonen. Jag blir både fascinerad och distraherad av kvinnans blick. Tyvärr. När jag lutar mig fram mot henne för att försöka tända cigaretten som hon nu har mellan läpparna, ser jag inte vad hennes högra hand har för sig. När jag sneglar mot den ser jag sprutan som hon någon tiondels sekund senare sätter mot min hals.

Det sticker till och hon säger:

– Sorry vännen. Lugn och fin!

Det sista jag är medveten om är att kvinnan reser sig upp och hon ser till att jag lutar allt mer. Till slut ligger jag på bänken, domnar sakta bort …

25

INGEN ÅTERVÄNDO

EN FÖRNIMMELSE AV en lukt som är bekant och ändå inte. Ja, det luktar tobaksrök, men det är inte som Kurres piprök. Greve Gilbert Hamiltons Blandning känner jag väl igen och dessutom gillar jag den lukten. Den här lukten är annorlunda. Visserligen är det tobak men den här tobaksröken får det att svida i halsen och i näsan. Inte pipa, cigarett. Vem faan är det som röker här egentligen? Konstig smak i munnen. Tung i huvudet. Ser suddigt. Vad är det för fel på mig? Det känns som om jag skulle vara i behov av att raka tungan! Det sista jag kommer ihåg är att en kvinna tittar mig i ögonen och … Just det, hon var röksugen, Olivia Lattan. Trasig tändare. Bara bluff. Distraktion. Vad är jag för en gök, går på allt som folk säger och påstår, låter mig luras. Idiot, ännu en gång, alldeles för många gånger. Vad hände sedan? Minns inte. Fick ett intryck av att kvinnan Lattan inte är bra för mig. Ingen bra person. Rentutav farlig och dessutom otrevlig. Jaså, låter det så nu! Lätt att vara efterklok. Ja, jag var ju på väg att träffa pappan till Olivia Lattan. Utsikten skulle vara fin men hon visste inte vad fjärden heter, inte heller vad den är känd för! Mysingen heter den och är framförallt känd för att vara den största fjärden i Stockholms skärgård. Mycket fisk, vilken skojare! Kanske det

148

är just det den här kvinnan är framför allt annat, en skojare! Men det är faktiskt inte det minsta roligt. Inte för mig i alla fall. Något som är högst oklart är hur lång tid som har gått sedan jag höll på och fipplade med kvinnans cigarettändare, kan det röra sig om timmar? Först nu, i mitt omtöcknade tillstånd, lägger jag märke till en detalj. En nog så viktig detalj i sammanhanget och det är att jag är bunden! Armarna är ihopbundna bakom ryggen med en lina runt handlederna. En lina hårt bunden runt vristerna kompletterar min situation. Jag kan knappt röra mig ur fläcken! Jag ligger på min vänstra sida och det verkar som om jag befinner mig på en brygga. Min suddiga syn börjar bli lite skarpare och jag ser ett båthus ett tiotal meter bort. Fiskeredskap och diverse utrustning hänger längs väggen som vetter mot mig men vad jag kan se finns det inte någon båt i båthuset. Det sitter en kvinna på en stol ett par meter hitom båthuset. Hon sitter orörlig med huvudet framåtböjt. Jag kan se att det droppar blod från hennes huvud ner på plankorna där hon sitter. Det här är en annan kvinna, inte kvinnan i syrenbersån. Inte Olivia Lattan, hon hade en spruta i handen och satte den mot min hals, hon stack den i halsen på mig. Olivia Lattan, den häxan, drogade mig och nu är hon elak mot den här stackars kvinnan – jag måste göra något! Vad kan jag göra? Jag kan skrika!

Och det gör jag för full hals:

– Din jävla häxa! Vad har du gjort? Din djävulska hynda! Du borde sänkas i Landsortsdjupet, du ska ...

Längre kom jag inte i mitt ylande, jag får en smäll mot huvudet och en man grabbar tag i mig och säger:

– Nu har den här dåren kvicknat till. Tur att han gjorde det till slut, hade han dött hade vi legat illa till. Dana gav honom kanske lite för mycket i sprutan, eller också är han överkänslig. De här mesiga svenskarna som kallar sig vikingar, ha! Nå, nu får vi vår chans att klämma honom på information och det ska bli ett verkligt nöje! Men så här kan vi inte låta honom hålla på och gasta. Visserligen är det långt till närmsta hus, men sådana här illvrål hörs långt. Speciellt när det är en stilla kväll som den här. På med munkavle och sedan sätter vi honom i en stol. På första parkett. Nu ges han insikt i hur det går när man jävlas med oss och inte berättar det man vet. Eller att det går för långsamt att berätta enligt vårt tycke och smak. Som det gjorde för den här horan Olivia Lattan. Jag kan garantera att hon sagt allt hon vet. I och för sig var det inte mycket. Mindre än vad farsgubben hennes klämde ur sig. Nu ska ni återförenas, far och dotter, sida vid sida. Vi har ingen användning för henne. Hör du det, dåren?!

En man som stått alldeles bakom mannen med svadan väste fram:

– Nästa man till rakning är en kvinna!

Och så gick han bort till kvinnan i stolen, tog sats och sparkade till stolen. Den hårda sparken tog bakifrån i rygghöjd på den stackars kvinnan och det gjorde att hon tippade framåt med stolen och föll hjälplös mot vattenytan. Fallet hindrades av ett stort stockankare som låg på bryggkanten. Ett mycket kort rep var bundet i ankaret och därefter runt midjan på kvinnan som nu svävade fastbunden i stolen bara någon meter ovanför vattenytan. Ytterligare en åtgärd med en fot, denna gång tryckte mannen kraftfullt mot det tunga ankaret. Det räcker för att ankaret ska glida över bryggkanten och allt var över på mindre än en sekund.

Jag råkar i raseri och lyckas få bort munkavlen.

– Era djävla mördare! Ni ska brinna i helvetet! hann jag skrika innan ännu en välriktad spark fick mig att på nytt förlora medvetandet.

När jag vaknar till sans undrar jag var jag befinner mig. Det tar en stund men sedan kom den ohyggliga avrättningen av kvinnan som de kallade Olivia Lattan, till mitt medvetande likt en förbannelse. Är allt mitt fel? Är det på grund av mig och min förbannade nyfikenhet och dito envishet som orsakat kvinnans död? Vem var kvinnan? Var detta dottern Lattan som de mördade? Vem var då kvinnan som befann sig i Lattans hus och presenterade sig som Olivia Lattan? Bödlarna kallade henne Dana och kan det stämma, det som den snacksalige mannen sa, att de även torterat Olivia Lattans pappa, Orra Lattan. Om det stämmer är de nu där nere på botten bredvid varandra, far och dotter. Jag får en känsla av att allt kan stämma hur makabert det än kan tyckas, jag har ju med egna ögon sett vad de är i stånd att utföra. En misstanke ...Det kan väl inte vara teater som jag bevittnade, att det är iscensatt? Nej ... Varför gör de det här, torterar och mördar? Vad är de ute efter? Är det den förbannade cylindern som är orsaken till allt som skett hittills och vad ska hända nu? Vad ska de göra med lilla Helmi om de får reda på att hon lever? Hur viktig är Helmi för dessa odjur, ska de använda henne som en bricka i ett spel som handlar om utpressning, kanske mot släktingar som är kvar på andra sidan Östersjön? Torterarna, mördarna verkar inte veta vem jag är, vad jag heter. Och det är mycket bra så länge de inte vet det. Jag besökte Lattans hus och frågade efter doktor Lattan, det räckte för dem. Jag undrar hur länge de haft ögonen på mig? Förhoppningsvis var det först där, vid Lattans hus som det började. Om de får ur mig information, att jag börjar berätta, jag vet inte vilka metoder de använder och jag vill inte heller veta det. Inte om, utan när jag börjar avslöja den information som jag så att säga sitter inne med. Vilket Gud förbjude att jag gör, men vad säger att jag har en chans att stå emot? Konsekvenserna kommer att bli fruktansvärda! När de förstår att jag är förbrukad kommer det med stor sannolikhet bli en trio som sitter på stolar på botten i anslutning till båthuset! Två läkare som blev inblandade i något de knappast kunde ana hur extremt farligt det var. Och bredvid dem en idiot, det vill säga jag, som inte kunde låta bli att rota i sådant som idioten borde ha låtit bli att ens ta i med tång. Men det värsta återstår: Och det är när informationen framtvingas kommer psykopaterna att ha kännedom om ön, stugan, att jag var där ute i början av april. Hur fungerar det med tortyr? Pratar offret på osammanhängande eller i turordning, tidsordning, först hände det och sedan. Åhhh, allt höll på att fullständigt gå åt helvete. De skulle givetvis hitta till Helmi och hennes nya föräldrar. I och med vad de visste om den flyende familjen och deras mål här i Sverige, på Dalarö, skulle de lägga ihop två och två. Tror en torterare på allt som offret säger? Eller är en del av informationen osann, saker som sägs bara för att blidka torteraren, att offret ska slippa undan lite lindrigare? En rutinerad sadist, torterare, kan förmodligen avgöra vad som är vad och sålla bort det som kan vara desinformation. Jag inser trots allt att jag inte är vid mina sinnens fulla bruk, drogad och sparkad i huvudet med trolig hjärnskakning som följd. Vänta nu – två gånger har jag tagit emot sparkar mot huvudet, eller hur många gånger är det? Hinken med sirap, igen.

Mörkare än såhär blir det inte dessa juninätter. De kommer snart att börja tortera mig. Vet faktiskt inte vad de väntar på men väntar gör de. Kanske ingår det i konceptet att offret ska få vänta, känna oro och ångest, vara riktigt mör när tortyren väl börjar? Är det kvinnan med sprutan det väntas på, Dana, som ska vara med när jag berättar allt jag vet och lite till? Förmodligen är hon en fullfjädrad sadist som njuter av att se idioter som jag själv när vi kissar ner oss och tigger om nåd, men det finns ingen nåd att få. Jag får leva ett litet tag till, de ska bara vara säkra på att jag berättat allt det som de har användning för. Det vill jag absolut inte. Utvecklingen fortgår, även inom torterandet, och så här i krigstider får forskning på detta område hög prioritet. Och om det finns nya metoder och rön, ja då kommer de att användas, sådant är nu en gång för alla människosläktet. Även i omänskliga syften.

På nytt, den irriterande cigarettröken, de är någonstans i omgivningarna. Ja, jag kan höra dem på håll nu. Jag har inte tänkt på det men jag sitter inte i någon stol längre, jag ligger på sidan igen men nu har de bundit ihop mina armar med mina fötter och vrister på baksidan av min kropp. Min kropp kan liknas vid en mänsklig bågform, bakåtböjd. Det gör jävligt ont och jag kan knappt röra en enda muskel. Mina plågoandar har stoppat en tygtrasa i min mun så att jag inte ska ha möjlighet att skrika och på det sättet påkalla uppmärksamhet. Det märkligaste just nu är att jag ligger i en båt, som av det lilla jag kan se, inte är olik Kurres och min roddeka. Jag lyckas liksom tugga ut trasan ur min mun bit för bit till det att jag kan spotta ut den. En lättnad mitt i allt elände. Varför ligger jag i en båt? Ska jag transporteras iväg, eller har jag transporterats hit i båten? Det verkar i och för sig som att den här platsen inte är tillräckligt avlägsen från öron som hör och ögon som ser och kanske även från näsor som känner lukten av de vidriga cigaretterna, fy! Alltså är det troligt att vidaretransport kommer att bli av. Det kanske är transportören de väntar på, en utförare som tar vid och bogserar båten, ser till att jag kommer till Dana för tortyr ...

Någonting hårt trycker mot min högra kind. Jag inser att det är en dyvika. Den här båten har förmodligen tre dyvikor. Eftersom den är utrustad med en sump finns det en dyvika i själva sumpen, och en dyvika under den aktre durken, samt den tredje dyvikan där jag har mitt huvud, alltså precis för om sumpen. Själva dyvikan som trycker mot min kind är en dyvika av trä och den är konisk i sin nedre del för att passa in bra och täta i hålet som går igenom båtens skrov. Jag lyckas vrida mitt huvud tillräckligt för att jag ska kunna bita tag i dyvikans övre del. Försiktigt försöker jag få denna träplugg att lossna och komma upp ur hålet. Om dyvikan går av är allt förbi och förlorat eftersom den del som sitter kvar i hålet blir omöjlig för mig att få bort. Ruckar lite, vrider, vippar försiktigt, och sakta men säkert lossar dyvikan och plopp – nu kommer vattnet uppströmmande ur hålet! Friskt och kallt havsvatten från Östersjön är en skön känsla mot min kind. Jag känner en frid, en försoning, och tänker att det är samma vatten, samma innanhav, samma Östersjön, som omsluter lilla Helmis mamma Vivi och pappa Jaan. Samma havsvatten som omsluter Olivia Lattan och hennes pappa Orra Lattan. Och, inte minst, det är samma vatten som omsluter min käre vän, min bästa kamrat, min Kurre ... Vattennivån stiger snabbt i ekan, men på avstånd hör jag röster och de verkar ha fått tillskott, kanske är de kompletta nu, kompletta att tortera idioten. Vattnet bubblar på och jag håller kinden alldeles ovanför hålet, det kittlar skönt mot kinden. Jag förnimmer, jag känner, jag andas, jag lever. Jag tänker att ena stunden lever man och i nästa kan det vara över ... Snart står vattnet tillräckligt högt. Jag får inte misslyckas! Att misslyckas denna gång är inte ett alternativ! Om sakernas tillstånd bara gällde mig, då skulle allting vara enklare, men nu är det betydligt mer komplicerat. Vatten i ena örat sedan flera minuter, men jag kan ändå höra röster och de närmar sig. Det skrattas. Ja, skratta ni så länge ni känner för det, tänker jag. Bråttom nu. Det är dags! Jag andas ut allt vad jag förmår med både mun och näsa ovanför vattenytan. Därefter vrider jag ner ansiktet så att näsa och mun är under ytan. Nu andas jag in så mycket vatten som jag någonsin kan. Fyller lungorna, en tanke som är en fråga fladdrar förbi – undrar hur många liter som får plats i mina lungor? Gissar på fem. Vilket öde! Här är jag, en man som har varit ute i skärgården hela mitt liv och så drunknar jag i en roddbåt! Tror Kurre hade skrattat både med mig och åt mig om detta! Kurre ja. Vad kan jag tänka om det som hände? Allt förändrades på ett ögonblick, saker hände som inte gick att ta in till fullo. Skulle man trots allt försöka skulle man förmodligen bli galen. Du blev ivrig, tänkte dig inte för, reste dig upp, ett nybörjarmisstag … Ett ögonblick av ouppmärksamhet från min sida och du var borta, för evigt. Det gick bokstavligen att se ditt inre. Jag blev blank i tanke och medvetande. Antar att det handlade om ett sorts försvar, en förnekelse från min sida. Förlåt mig!

Min sista tanke går till dig, du lilla Helmi! Gör någonting stort av ditt liv. Gör alla dina föräldrar stolta och mig med. Och framförallt, lev det liv du önskar leva! Att du är av det rätta virket, det har du redan visat. Jag önskar dig allt gott – Isflickan!

Del 2

Kalle Bruthus är borta. Från och med nu handlar det om Disa,
dotter till Birgit och Oskar Dirkensten, och året är nu 1956.
Disa som är född i augusti 1941 fyller alltså 15 år i augusti 1956.

26

NAMNET ÄR DISA

– HEJ! JAG HETER Disa och min mamma heter Birgit och min pappa heter Oskar. Jag är, som det heter, ensambarn och ibland kan jag tycka att det är tråkigt att inte ha några syskon. Men som mamma och pappa brukar säga, det är en stor fördel för mig eftersom de kan ägna sig åt just mig, bara mig. Antar att det är ett annat sätt att säga att de kan skämma bort mig, rejält dessutom. Vårt efternamn är Dirkensten och det kommer från min pappas släkt. Namnet består dels av "dirken" som är en lina som går från ett block i masttoppen till bomnocken för att hålla bommen uppe när storseglet inte är hissat. Dels "sten" som är mer självklart, men hur som helst tycker jag att Dirkensten är ett namn som för tankarna till segelbåtar och skärgård. Mitt fullständiga namn är Gretha Disa Dirkensten. Gretha som betyder "pärla" är ett släktnamn på min mammas sida, som kommer från Mollösund på ön Orust i Bohuslän. Orust är en stor ö, på fjärde plats i Sverige när det gäller storlek. Namnet Disa, som är mitt tilltalsnamn, är ett fornnordiskt namn som betyder "Ödesgudinna" och dessutom är "is" i Disa en påminnelse hur det var här i skärgården på den tiden jag föddes. 1941 är mitt födelseår och det var flera kalla vintrar med mycket is och snö både innan och efter att jag kom till världen har mina föräldrar berättat för mig. De kalla vintrarna under första halvan av 1940-talet brukar kallas för "Krigsvintrarna" eftersom andra världskriget pågick då.

– Mitt första egentliga minne är att jag satt på en sparkstötting och kunde knappt röra mig för att jag hade så mycket kläder på mig. Det är mamma som envisas med att kalla det för sparkstötting men själv säger jag egentligen kort och gott spark. Där var vi ute på isen och mamma och jag åkte omkring bland öarna och jag kommer ihåg att jag skrek av lycka! Det var verkligen en härlig känsla. Kanske det är just därför det blev ett minne! Det borde ha varit när jag var två och ett halvt år. Pappa är härifrån där vi bor och det är på en ö i Stockholms skärgård. Och jag är född här på ön! Den här ön som vi bor på är inte alls lika stor som Orust där min mamma växte upp. Nå, tillbaka till min födelse. Mina föräldrar hann inte ge sig iväg till fastlandet till något BB, eftersom jag var snabb när jag väl hade bestämt mig att det var dags att komma ut!

– Vi borde ha gett oss iväg tidigare, men plötsligt var det för sent. Det var bara din pappa och jag här. Vi fick klara oss utan hjälp av barnmorska. Det var din pappa som fick låtsas vara barnmorska, kan man säga. Och se på dig Disa, det gick ju fantastiskt bra!

Detta har min mamma sagt flera gånger, faktiskt ganska många gånger.

– Den där dagen, när jag var både ivrig och snabb samtidigt, var den tjugoåttonde augusti 1941. Idag är det den tjugoåttonde augusti 1956. Jag fyller alltså femton år idag! Min födelsedagspresent, som jag fick nu på morgonen från min mamma och min pappa, är en fantastiskt vacker kajak!

Disas present är en enmanskajak som är vacker som en möbel! Kajaken är en "VKV Anita K1" – VKV står för Vituddens Kanotvarv – som är formbyggd i den finaste mahogny och är utrustad med en sits samt ett roder. Denna kajak lämpar sig väl för både motionspaddling och långfärd med campingutrustning. En stark och välgjord träpaddel, samt ett sittbrunnskapell, gör födelsedagspresenten komplett. Ett frihetens instrument!

Ända sedan Disa var liten har hon gillat att röra på sig och hon har även visat ett stort intresse för djur och natur. Denna kombination bör passa med födelsedagspresenten. Det är i alla fall föräldrarnas avsikt och förhoppning.

Disas föräldrar bedriver skogs- och jordbruk på sin ö. Det är inte i någon stor skala utan mest som skogsbruk på öar brukar vara och skärgårdsjordbruket begränsas av att den odlingsbara marken är relativt liten. Men Dirkenstens arbetar kontinuerligt med att öka odlingsytan och även att förbättra kvaliteten på myllan genom att tillföra gödsel från djur och hav. Kvaliteten på virket från deras skog är minst sagt god. Bland annat långsamt växande furor och granar, samt en hel del ekar av varierande ålder.

– Det finns förmodligen ekar här som har sett vikingar segla förbi, sa Oskar till Disa när hon var liten.

– Oj, då måste ju ekarna vara jättegamla, sa Disa och fantiserade om hur det såg ut här på den tiden, vikingarnas tid.

Birgit och Oskar är även båtbyggare.

– Liksom vikingarna var båtbyggare, är vi Dirkenstenare det, säger Birgit till Disa. Och liksom vikingarna var skickliga båtbyggare är även vi det, så det så! fortsätter Birgit med glimten i ögat.

Men det ligger mycket sanning i det hon säger. Dirkenstens bygger främst ekor och mindre snipor på beställning. Kunderna, beställarna, kan vara allt från skärgårdsbor till sommargäster. I och med att ryktet spritt sig när det gäller de kvalitetsbyggen som görs av Birgit och Oskar har det även börjat komma beställningar från fastlandsbor på olika håll i

Sverige. Disa får vara med och lära sig om allt det som har med föräldrarnas arbete och yrken att göra. Att gå ut i skog och mark för att välja ut sådana träd och grenar, ibland faktiskt även rötter, som är lämpliga att använda när man ska bygga en båt. Naturligt växta spant är eftersträvansvärt av flera anledningar. Och det finns fler exempel än spant när det gäller delar som har växt naturligt till de båtar som byggs på ön. Det mesta finns i skogen på deras egen ö, bara man vet vad man ska leta efter och har öga för detaljer. Lite fantasi underlättar också. På rot kan man hitta en lämplig stäv, en rorkult, eller en mast, och så vidare. När Disa var liten brukade hon säga till sin mamma och pappa, när de var ute och tittade efter lämpliga träd eller rötter, att det måste vara mycket trevligare att vara en stäv på en vacker båt än att bli uppeldad som ved. Det kunde Disa ha alldeles rätt i, tyckte hennes föräldrar. Men en dag är även den vackraste båt utrangerad och då kanske det är bättre att brinna än att ligga någonstans och långsamt bli mer och mer murken, tänkte Oskar men han sa inte något om detta. Han har sett alltför många exempel genom åren på i grunden fina båtar som vanskötts till fromma för brännässlor och sly som växer upp genom det som en gång varit en vacker båt. Lika sorgligt varje gång man ser detta. Naturligt växta trädetaljer är starka, ofta vackra samt tids- och arbetsbesparande. Det krävs inte lika mycket bearbetning till önskade dimensioner och utseende i jämförelse med utsågat virke. På repertoaren finns båttyper såsom mellanöka, iseka, roddeka, roddsump samt mindre snipor för motordrift. Dirkenstens har eget sågverk på ön och naturligtvis sågar man virke som används till att bygga båtarnas skrov, däck, tofter, durkar, med mera. De träslag som man har tillgång till är bland andra ek, gran, lärk, ene och furu. Alla dessa har sina speciella egenskaper, både för- och nackdelar. Det finns mycket att tänka på för att resultatet ska bli det bästa. Helst ska träden fällas när marken är frusen och när sågning av en trädstam har skett ska brädorna, längderna, förvaras på ett lämpligt sätt med rätt fuktighet och luft mellan längderna. Gran till exempel är känsligt för att ligga tätt packade, det kan relativt lätt uppstå röta.

Ett exempel på förutseende är att Oskars föräldrar planterade sibirisk lärk på sin ö under några decennier med början för femtio år sedan. Lärk är ett träslag som lämpar sig väl till båtbyggnad, men kan med fördel även användas i boningshus exempelvis till golv. Till båtarnas ytbehandling och behandling för att minska vatteninträngning används klassiska produkter såsom oljefernissa, tjära och linolja.

Familjen Dirkensten fiskar och jagar främst till husbehov men framförallt på sommaren säljer man även fisk. Det är mestadels sommargäster på öar i närheten som efterfrågar delikatesser som rökt ål och böckling. Även ett antal seglare har som tradition att köpa fisk av Dirkenstens och det blir oftast det som är tillgängligt för dagen men mest efterfrågat är färsk flundra och gravad sik. Fisket är traditionellt skärgårdsfiske som tar vara på årstidernas möjligheter. Allt från angelfiske efter gädda på vinterns och vårvinterns isar, till strömmingsfiske med skötar på våren samt till ålfiske med ryssja och bottengarn under främst juli, augusti och september. Tillkommer gör nätfiske efter flundra, gös, piggvar, abborre, torsk, sik och gädda. Jakten består av allt från älgjakt, till jakt på hare, rådjur, orre och sjöfågel. Numera fick man endast bedriva sjöfågeljakt på hösten. Vårjakten på sjöfågel, som definitivt var den mest givande pågick från och med den första april och till och med den tionde april, men är nu ett minne blott sedan "förmyndarmyndighetsbyråkratimonarkiriket" Moder Svea nyligen inte kunde hålla fingrarna i styr och avskaffade denna jakt.

27

MÅNGSIDIG TALANG

DISAS MAMMA, BIRGIT, är av någon outgrundlig anledning förtjust i kampsporten jujutsu. Ja egentligen är det inte så värst outgrundligt när man får höra bakgrunden till hennes intresse. Mer om det senare. Det är en stridskonst som tillhör den japanska kampsportsfamiljen budo. Namnet jujutsu kan översättas med följsam metod, en teknik utan vapen. För eget försvar samt utveckling av exempelvis spänst, fysisk styrka, koordination och smidighet samt även mental styrka, tränade Birgit med Disa minst tre gånger i veckan sedan hon var i femårsåldern. Disa var mycket läraktig redan från början samt hade en naturlig fallenhet. Kort och gott en genuint intresserad elev, mycket träningsvillig och som dessutom uppvisade talang. Vad mer kan en kampsportande mor begära och önska?!

Birgit är även en hängiven seglare. När hon växte upp i Bohuslän seglade hon Stjärnbåt och Bohusjulle. Båda dessa båtar är långkölade och relativt grundgående. Bohusjullen som Birgit seglade var utrustad med en klassisk gaffelrigg. Jullen var en rekorderligt bred båt, byggd på Orust i slutet av 1800-talet. När Birgit växte upp i Mollösund på Orust var det vanligt att man behandlade sina båtar med de lokala oljor som tillverkades på ön. Det förekom till exempel sillolja och sälolja, oljor som hade sin "speciella karaktär". I jämförelse med Bohusjullen är Stjärnbåten en modernare konstruktion. Den utsågs till vinnare i en konstruktionstävling på västkusten år 1913. Det exemplar som Birgit seglade var byggd i början av 1920-talet också den byggd på Orust som har varit, och är, en båtbyggarö av guds nåde! Stjärnbåtarnas klinkbyggda skrov byggs vanligtvis i furu med det översta bordet i ek och till skillnad från den bohusjulle som Birgit seglade är Stjärnbåtarna utrustade med bermudarigg. Just den Stjärnbåt där Birgit ingått i besättningen och seglat i vatten kring Orust, har hon lyckats få med sig till sitt nya liv här på ostkusten. Mor och dotter seglar ofta med Stjärnbåten när de övriga sysslorna tillät det. Att gå upp i gryningen en vacker sommardag, överlåta till Oskar att mjölka kossorna Margot och Mona, hissa segel, glida ut och mötas av morgonbrisen som ger solglitter på fjärden är "en Disa för själen", som Birgit uttrycker det.

– Alla själar borde få prova detta, då är jag övertygad om att världen skulle vara en bättre plats, tillade Birgit ibland när hon var på det humöret.

Segla omkring i grunda farvatten där mor och dotter känner till var alla stenar och grynnor är belägna och de kan därmed navigera tryggt och säkert. Ett nöje i sig att segla där ingen annan vågar eller kan segla. Detta är bland det bästa Disa vet. Närheten till skärgårdsnaturen, lyssna, känna dofterna, iaktta, analysera, lära, konsten att komma nära inpå och uppleva utan att störa – underbart!

– På ett märkligt härligt sätt får det mitt hjärta att sväva fram som på små lätta moln, beskriver Disa det med ord som är henne närmast.

Att segla med den fina lilla Stjärnbåten är fantastiskt. Vackert så, men ska det fortsätta att vara fantastiskt behöver båten underhållas liksom alla träbåtar behöver ett visst underhåll.

Totalt har familjen Dirkensten fem båtar. Samtliga är träbåtar byggda av träslag såsom ek, gran och furu. Ja, från och med Disas femtonårsdag tillkom ytterligare ett flytetyg, kajaken av mahogny. Dirkensten hade tidigare en pråm som var byggd av stål, men denna stålbåt hade de sålt för flera år sedan. Knacka rost var ingenting för dem.

Birgit och Oskar turades om att visa Disa vad som behövde göras för att hålla Stjärnbåten i bra skick.

Birgits Stjärnbåt är som sagt byggd på Orust och denna lilla segelbåt är en fernissad pärla och meningen är att den även i fortsättningen ska vara fernissad. Vissa båtägare gör det enklare för sig och målar sina träbåtar i någon färgkulör, men det är inte aktuellt i detta fall. Eftersom både Birgit och Oskar har sina rötter i skärgård och vid kust och hav, är båtar någonting högst naturligt och nödvändigt för dem. Och det kulturarv det innebär att vårda sina flytetyg ligger dem båda varmt om hjärtat och nu vidarebefordrade de sina kunskaper och erfarenheter till Disa. I och för sig är Disa intresserad av trä och hantverk, men att slipa och fernissa större ting som båtar hör inte riktigt till hennes favoritsysselsättningar, även om hon tillstod att doften av oljefernissa är en favorit!.

– Disa, du har verkligen myror i rumpan, kunde hennes mamma säga ibland. Men slipa nu klart skrovet så kan du ge dig ut och paddla sedan. Allt har sin tid, fortsatte Birgit hur förnumstigt som allra helst.

Traditioner och miljö som man växer upp med sätter allt som oftast sin prägel. Mer eller mindre starkt. Nu kom Birgit och Oskar från varsin sida av Sverige. Birgit hävdade med bestämdhet att hon minsann härstammade från Sveriges framsida och att där finns minsann det riktiga havet inpå knuten.

– Vågor som bildas på andra sidan Atlanten vid Amerika

rullar in hos oss på västkusten. Hur mäktigt är det inte! Och salthalten ska vi inte prata om. Jo förresten, det vatten som omger oss här på ön kan vi förmodligen dricka! Kan inte kallas för havsvatten eller saltvatten, möjligen sodavatten, kan Birgit säga när hon är sitt retsamma jag.

Oskar känner igen argumentationen och svarar:

– Nähä, varför gör du det då? Alltså pratar om det. Och varför dricker du inte Östersjöns vatten? Få inte Disa att börja dricka det bara är du så snäll! Och det här med framsida och baksida. Är det inte så kanske att huvudstaden finns här och delvis ligger staden på öar som hänger samman med vår skärgård, Stockholms skärgård! Bohuslän ligger i bakvatten, på baksidan i ett baksug. Det är här solen går upp över havet!

Ja, så där kan de hålla på ibland. Disa visar överseende och skakar på huvudet åt deras barnsligheter. Men hon provade faktiskt att dricka lite havsvatten. Inte särskilt gott, det fick räcka med en provsmakning.

Apropå provsmakning. Mönjan som Dirkenstens använder till sina träbåtar har sin egen berättelse för att Disa ska förstå allvaret. Mönjan innehåller en hel del bly och är mycket giftig. Inte något man ska få i sig över huvud taget! Detta poängteras verkligen tydligt av Birgit och Oskar och exemplet på mönjans giftighet imponerar storligen på Disa.

Så här lyder berättelsen: "På en ö i skärgården hade man gjort iordning blymönja och rört om ordentligt med en pinne. Inget fel i det, det är så man gör. Men sedan gick det tokigt. Man slängde pinnen, men en del mönja satt kvar på pinnen och en ko lyckades få tag på den bortkastade pinnen. Kon började intet ont anande att tugga på blypinnen, fick i sig lite av den giftiga mönjan och dog!"

– Ojdå, synd om kon såklart, men då är det ju ett mycket effektivt gift! Menar ni att det kan gå lika illa för våra kossor, Margot och Mona, om vi inte ser upp med var vi gör av våra omrörningspinnar? frågar Disa sina föräldrar, som nickar unisont.

Disa funderar mycket på hur saker och ting kan hänga ihop, hur det fungerar, respektive inte fungerar, filosofiska resonemang om livet, döden och mycket däremellan. Hon pratar mycket om detta med sin mamma. Varför det hade blivit så, att det var med sin mamma som hon diskuterade kring djupa tankar och inte med sin pappa, vet hon egentligen inte. Jo, det gör hon nog trots allt. Det var en mor-dotterföreteelse som med tiden vuxit sig allt starkare och har sitt ursprung när Disa bara var fyra-fem år gammal. På den tiden brukade Disa ofta ligga i sin säng och fundera just innan hon skulle sova. Varifrån tankarna kom, hur de uppstod från början visste hon inte. De tankar som växte sig allt starkare och som samtidigt var ofattbara var följande: En dag finns inte jag! Vart tar jag vägen då? Är försvunnen och sedan är det inget mer? Bara borta. Disa kunde sätta sig upp i sängen och säga rakt ut: En dag finns inte jag mer! Hon kunde upprepa just detta, gång på gång på gång, likt ett mantra. För Disa var det ofattbart, det gick inte att förstå!

När hennes mamma upptäckte detta första gången, att Disa satt upp i sin säng, frågade Birgit:

– Men kära lilla Disa, hur är det? Kan du inte sova? Har du drömt någonting otäckt?

Birgit satte sig på sängkanten och kramade om sin dotter.

Disa sa allvarligt:

– En dag är jag borta, jag finns inte mer! Var och vad är jag då?

– Älskade barn, är det sånt du funderar på! Disa, du är inte fem år fyllda och har sådana tankar. Det ska du veta att jag tycker att du är fantastisk! Det är mycket viktiga tankar. Många människor kommer inte så långt i sitt inre att de har sådana funderingar om de så skulle leva i hundra år.

Detta med att inte finnas till en dag och hur omöjligt svårt det är att förstå, eller försöka förstå, avtog i styrka med tiden. Andra funderingar som Disa har kan gälla sådant som fascinerade henne. Till exempel sådant som hon ser som naturens under: Hur ejderdun kan vara i stort sett viktlösa men ändå värma fantastiskt bra och effektivt, hur vissa insekter kan gå på en blank vattenyta, ting och företeelser i det lilla, i det nära, sådant som hon såg runt omkring sig. Väder kom också att väcka fascination i Disa. Hon är hänförd när det stormar, ju hårdare vind, ju mer ymnigt snöfall, desto bättre enligt Disa.

– Jag känner min litenhet, människans utsatthet inför elementen och det tilltalar mig mycket starkt! sa Disa till sina förvånade föräldrar.

– Jaså, det säger du. Men var har du hört det där? Är det i skolan? frågade Oskar.

– Vet faktiskt inte. Nej inte är det i skolan, där får vi mest räkna och höra om Gustav Wasa och andra kungar samt en och annan drottning. Jag har läst och funderat själv, svarade Disa eftertänksamt.

Vind och vindstyrkor ligger nära till hands på flera sätt för en seglingsentusiast. Och just den självklara kombinationen vindar och segling väckte en hel del tankar och teorier. Det kan gälla sådant som vad det är som gör att segelbåtar kan segla mot vinden, åt det håll det blåste ifrån, alltså att man kryssar med sin segelbåt. Det är en sak att segla med vinden, att länsa, det är betydligt enklare att förstå hur båten då drivs framåt. En annan sak som Disa undrar över är att hon la märke till att när hon seglade med både storsegel och fock hissade på sin mammas Stjärnbåt, är det mycket effektivare och båten gick betydligt snabbare än när det seglades med bara ett segel, storsegel eller fock.

Vad är det som ger den stora fartökningen? Birgit och Disa

diskuterade gärna kring detta med olika segels, och för all del även olika riggars, för- och nackdelar. När de är i Stockholm köper Birgit ett par böcker om segling till Disa. Den ena boken handlar om segelbåtars historik och utveckling genom tusentals år:

– Från stock via Vikingaskepp till Stjärnbåt, som Birgit skämtsamt förenklar det en smula. Den andra boken handlar främst om jollesegling och då i första hand i England som är ett föregångsland när det gäller segling med mindre båtar. Efter att ha läst de båda böckerna med stort intresse går Disa omkring och säger termer, personnamn och begrepp såsom spalteffekt, Ian Proctor, cunningham, klart för slag, ramming speed, plats vid märket, klart för slag, vi slår, protestflagg, suggor och kölsvin.

– Jag tror att vi kan ha en liten kappseglare i vardande, sa Birgit till Oskar.

– En kappseglande samuraj som det verkar, sa Oskar.

– Kanske ännu troligare en ninja, sa Birgit och skrattade.

Birgit och Disa diskuterade och filosoferade om smått och stort. Teorier presenterades och fick både ris och ros av de två filosofiskt lagda. De har oftast väldigt roligt och trevligt under tiden och det är inte minst viktigt.

Både Birgit och Oskar är måna om att Disa ska känna till traditioner och beprövade metoder, men att hon även ska ha ett öppet sinne för att ifrågasätta, utveckla och förbättra. Inte minst se möjligheter till att göra gott.

Som Birgit uttrycker det:

– Förändringar är någonting som alla generationer har fått uppleva. Ibland på gott och andra gånger på ont. Svårt att avgöra på förhand och efterklok kan alla vara med träffsäkert resultat. Har man det med sig och i sig att man vill att det ska bli ett bra resultat för allas bästa, ja då är det svårt att göra något fel. Och skulle det råka bli fel sätter man en ära i att ställa allt tillrätta!

Oskar sa så här:

– Disa, kom ihåg att i människans natur finns det en drivkraft som i korthet går ut på att det som går att göra, det görs. Det kan ju låta väldigt positivt men genomförs saker och ting för sin egen skull eller med ont uppsåt, bara för att det kan göras, kan det gå väldigt fel. Människor med avsikter som vi inte känner oss bekväma med, som vi inte kan stödja, genomför med de urskuldande orden "Om inte jag gör det här kommer någon annan att göra det" och på detta sätt tycker dessa människor sig ha friskrivit sig från ansvar. Detta är helt fel, ingen kan friskriva sig från ansvar. Men tro mig, åtskilliga har försökt. Samma misstag upprepas gång på gång.

Oskar har en förkärlek för litteratur om vildmarksäventyr i Amerika och Kanada. Ett exempel på en av Oskars absoluta bokfavoriter är "Lägereldar längesen" av Harry Macfie, som bland annat handlar om pälsjägare – så kallade trappers, nybyggare och guldgrävare. Oskar har också en fascination för hur apacheindianerna levde och jagade. Han vet egentligen inte varför det är just apacherna som intresserar honom så mycket. Oskar lär Disa hur apacherna torkade kött och hur grundligt de gick tillväga när de tillverkade pilbågar i allt från val av lämpligt växande träd eller buske till färdig pilbåge med tillhörande provskjutning. En viktig del i helheten när det gäller att skjuta riktigt bra och effektivt med pilbåge är såklart själva pilarna. Disa fick lära sig hur man fick de bästa förutsättningarna genom att vara mycket noga med materialvalet, träslag och var de växte, lämplig längd och diameter på det som ska bli bästa möjliga pilarna. En viktig detalj i sammanhanget är en pils spets. Oskar lär Disa hur apacheindianerna härdade pilspetsar av trä för att få bästa effekt vid jakt. Oskar är även skicklig på att tälja i trä. Disa fick sin alldeles egna lilla täljkniv och Oskar lär henne allt från att tillverka lockpipor för olika däggdjur och fåglar, till att göra armborst med tillhörande små effektiva pilar. Oskar och Disa brukar tävla i att skjuta prick med dessa hemtillverkade armborst.

Men som Oskar sa till Disa:

– Man måste ha respekt för ett armborst som vapen. I fel händer kan det bli riktigt ruggigt!

Disa har ett armborst med ett tiotal pilar, samt ett litet koger där hon förvarar sina pilar och smidigt kan ha dem med sig. Och alltihop har Disa tillverkat själv. Kogret har hon sytt av skinn från en älg. Till och med de tunna remmarna av skinn, som Disa har använt för att sy kogret, har hon skurit ut ur ett stycke rådjursskinn. Mycket smidigt och relativt starkt.

På gården, i hushållet kan man kalla det, finns det både katt och hund. Och ja, katten Fenimore och hunden Kronblom är om inte de såtaste vänner så är de i alla fall på en nivå där de accepterar varandra och visar ömsesidig respekt. En häst, den trygga och arbetsamme Stigfinnaren, till skogsbruket. De två tidigare omtalade korna, Margot och Mona, gav mjölk och andra mejeriprodukter. Ett femtontal höns, inte minst för äggens skull. Och när det gäller ägg, det "skattade" man ur bland andra storskrakarnas bon. Ett par av dessa bon har man varje vår under sjöbod och uthus. Inga omeletter och sockerkakor får en så härlig gulorange färg som de som görs på storskrakägg.

– Där ligger hönans ägg i lä både när det gäller smak och färg, brukar Oskar säga som verkligen är förtjust i sockerkaka gjord på skrakägg.

Ur ejderhonornas, de så kallade ådornas, bon, plockar man det finaste dun, som har ett kilopris som vida överglänste guld. Detta dun blir fyllning i de skönaste och lättaste kuddar som man kan önska sig. Ejderdunet är periodvis så pass eftertraktat i skärgården att på en del öar vaktar öbor "sina" ådors reden och avsikten med övervakningen är att det inte ska komma obehöriga och stjäla det värdefulla ejderdunet.

28

RÖKT BÖCKLING

HOS DIRKENSTENS RÖKER man fisk som till exempel ål, lax, flundra och strömming. Oskar brukar skoja om att han hört på radio att de pratade om "rökt böckling". När man röker strömming blir det delikatessen böckling. När man då säger rökt böckling, är det alltså fråga om dubbelrökning. Oskar myntar uttrycket "lika lurad som en rökt böckling" – alltså att man är lurad två gånger och med andra ord "rejält rökt".

När strömmingen "går till" passar man på och har strömmingsskötarna i så ofta det bara hinns med. En intensiv men kort period. Strömmingen och strömmingsfisket har under århundraden ansetts mycket viktigt, inte minst för Kronan. Med ett annat ord: Staten, som såg till att få in skatt, och det skrevs särskilda lagar som reglerade vad man fick respektive inte fick göra i utskärgårdarna under den tid strömmingen gick till. Och det var just strömmingen det handlade om. Den ansågs så viktig att det var den enda fisk som reglerades i lag. I den så kallade Huvudskärslagen från år 1450 skrevs nogsamt regler och hur mycket skatt som skulle betalas och det handlade om "in natura", alltså en viss del av fångsten av strömming gick direkt, där och då, till Kronan. Och hur fisket fick och skulle bedrivas var hårt reglerat med start och stopp med mera. Att till exempel stjäla ett öskar var ett mycket allvarligt brott. Det kunde ju medföra att den bestulne dog genom drunkning när det inte fanns någonting att ösa båten med och den riskerade att sjunka! Det var inte för inte som strömmingen kallades för "Östersjöns silver". Hos Dirkenstens gick det inte lika hett till att det stals öskar när man fiskade strömming i mängd. Förutom det som röktes, saltade man in en stor del av fångsten för kommande behov. En av Disas favoriter när det gäller fisk är nyfångad strömming som steks i smör. Ströbröd och salt hör till, samt att rommarna och mjölkarna även de steks gyllenbruna, en delikatess om man frågar denna unga skärgårdsbo vid namn Disa. När Disa satt och mumsade på en smörgås med nystekta strömmingsdelikatesser tänkte hon på att det egentligen inte är stor skillnad på förhållandet mellan överheten och medborgarna i monarkin. Hennes föräldrar berättade att då när det begav sig med "i natura" var det riddaren av Hammersta som, på uppdrag av kung Karl Knutsson, stiftade och signerade reglerna som utgjorde Huvudskärslagen. De så kallade Kronohamsfiskelägena skattades av hamnfogdar och på den tiden var det som sagt strömmingen, Östersjöns silver, som gällde som skattemedel. De var hårda män, stränga typer, som drev in skatten. I våra dagar, under andra halvan av 1950-talet var det socialdemokraternas "hamnfogde", vid namn Gunnar Sträng, som såg till att beskatta medborgarna efter bästa förmåga, hans alltså. Östersjöns silver är sedan länge utbytt mot äkta silver. Talesättet "Hur man än försöker undgå det, vet Gunnar Sträng hur medborgarna effektivt pungslås" myntades i folkmun – eller någonting liknande med samma andemening.

– Ingenting nytt under solen, heter det av en viss anledning, sa Birgit.

Dirkenstens odlade sin egen potatis och man är självförsörjande när det gäller denna knöl. Även morötter, rödbetor, persilja, dill, rabarber, jordgubbar, hallon, gräslök, krusbär, med mera odlades i anslutning till gården. Gödsel fick man från djurens avföring, samt från havet där man använde främst blåstång som samlades in där det kan ligga i drivor längs stränder och i vikar. Denna kombination av gödsel ger mycket bra skördar.

Disa blir en sorts mångsysslare med insikter, färdigheter och kunnande i allt från olika typer av vapen och självförsvarskonst, via båtbyggnad och skogsbruk, till odling och skötsel av djur. Det är inte någon överdrift att påstå att Disa med tiden erhöll en unik uppsättning av kunskaper inom speciella områden och som hon dessutom blev extremt skicklig på att utöva praktiskt.

29

ÅTRÅ OCH HUMOR

HUR GICK DET egentligen till när Birgit och Oskar träffades? Den ena från väst och den andra från öst och ändå lyckades de tu mötas! Jo, det hände på det viset att de var i Grebbestad en sommarvecka i juli när de var i artonårsåldern. Båda tältade med kompisar. Birgit med ett tjejgäng som bestod av fem tjejer som alla är lokala förmågor från Bohuslän. Tre från Orust, en från Käringön samt en från Åstol. Flickan från Åstol är djupt religiös och fick följa med lite på nåder. Hennes föräldrar är absolut inte överförtjusta om man ska uttrycka det milt och diplomatiskt samtidigt.

En av tjejerna, Anna-Lena som liksom Birgit är från Orust, berättar om ett tips som hon fick av sin storebror Lars-Gunnar:

– Nu min bästa, och i och för sig min enda lillasyster, ska jag ge dig ett gott råd. När du är där i Grebbestad med dina tjejkompisar, det är ju både föräldra- och storebrorfritt, ska du göra såhär för säkerhets skull: Köp ett paket Toy, ja du vet – det nya tuggummit. Det är ett mycket effektivt och säkert gummi så länge du har det på rätt plats. Och det är mellan dina lår. Skulle paketet med Toy komma ur läge, till exempel och troligast för att du råkar sära på benen, är det ingen större katastrof. Du och killen kan ju alltid, efter det att ni gjort det ni gjort, ja då först kanske ni upptäcker att ni inte har så mycket att säga till varandra och då kan ni alltid avnjuta ett gott tuggummi!

– Jag bad Lars-Åke fara och flyga, sa Anna-Lena och skrattade.

Flickan från Åstol frågade:

– Är det inte bättre att ha tuggummit i en ficka och vad är det för smak på det där Toy?

Oskars kompisgäng bestod av fyra killar varav en faktiskt hör hemma i just Grebbestad. Oskar känner en kille från verkstaden på Beckholmen i Stockholm där de båda har varit och jobbat som lärlingar. Den killen i sin tur känner en kille från Åkersberga som är med och det är killen från Åkersberga som är släkt med killen från Grebbestad. Oskar känner egentligen bara killen han har jobbat med. Speciellt killen från Åkersberga är en annorlunda bekantskap. Han utmärker sig bland annat genom att ha på sig en tröja med texten "Sperma Skvätting Boys". Till saken hör att den här killen, som heter Tony, har ordnat en tröja till var och en i gänget. Med nämnda text. Storsint av honom. Tony berättar en historia som han tycker att vi killar ska dra för de "bruttor" vi träffar.

Tony påstår att det går att avgöra vad det är för typ av tjej genom att se hennes reaktion på denna historia:

– Familjeflicka eller om hon är med på noterna och släpper till! som Tony uttryckte det.

– Fråga tjejen så här. Vet du vad det är för likhet mellan en ekorre och en kvinna?

En av killarna, vid namn Conny, frågade:

– Är just den här kvinnan, eller tjejen, duktig på att klättra i träd?

Tony sa snabbt:

– Absolut! Dessutom är hon extra förtjust i att hoppa från gren till gren där uppe i trädtopparna! Observera att det här var ett exempel på "dum fråga och dumt svar". Svaret är alltså: Nej! Skärp dig!

En stunds tystnad.

– Ingen som vill gissa? Nähä. Då säger jag svaret. Både tjejen och ekorren vet att uppskatta ett stort saftigt ollon!

En av grabbarna, faktiskt Conny igen, kommenterade historien:

– Va taskigt att driva med ekorrar som är så oskyldiga små djur!

Oskar vet inte om han ska skratta eller gråta, men han bestämmer sig för att distansera sig en aning från gentlemannen Tony. När Oskar tar en promenad för sig själv råkar han träffa på tjejgänget som Birgit ingick i. Tur att jag vände tröjan jag fick av Tony utochin, tänker Oskar. Tjejerna ska kasta lite varpa och frågar Oskar om han vill vara med. Det uppstod en spontan tävling i att kasta varpa. Det är god stämning och de har väldigt roligt! Lite fuskades det allt, men bara på skoj.

Plötsligt sa Birgit till Oskar:

– Du har satt på dig din tröja fel, den är ut och in! Ska jag hjälpa dig att vända den rätt?

– Ojdå! Tack för erbjudandet! Men nu får den vara så här, det gör mig inget.

Varpatävlingen vanns av Birgit och Oskar kom trea. Båda hade egentligen gillat vad de såg redan från början. De börjar gå iväg för att få vara för sig själva.

Just när de går ropar Anna-Lena:

– Birgit, kom ihåg att köpa Toy!

Alla tjejerna skrattade, även tjejen från Åstol. Men hon skrattade nog mest för att de andra skrattade. Birgit rodnar faktiskt och börjar gå snabbare.

– Oj, vilken fart du sätter iväg med. Vad handlar det om? Gillar du tuggummi? frågar Oskar.

Birgit börjar skratta och säger:

– Ja, det kanske inte skulle vara så dumt med ett paket tuggummi. Men det måste vara Toy! sa hon och skrattade ännu mer.

Oskar inser att han inte förstår vad det rör sig om, men att det är trevligt att se henne så här glad. Det gör honom glad och de börjar prata med varandra mer seriöst och när de väl gör det kan de knappt sluta. De upptäcker att de har en hel del gemensamt som till exempel att de båda är öbor, att de gillar djur och natur, att de är intresserade av jakt och fiske och att de gillar båtar. Sedan är det såklart saker som de inte har gemensamt, vissa av dessa är speciella och mycket intressanta! Oskar är ensambarn medan Birgit är äldst av tre syskon – bror Konrad i mitten och lillasyster Tekla. Är man uppväxt i Mollösund är det närapå extremt svårt att inte bli fena på att ta hand om fisk på olika sätt. Lutfisk till exempel, som är av "familjen torsk" typ långa och sej och bland annat kommer från Doggers bankar. Sill som saltades, olika typer av inläggningar: Kryddsill, löksill, matjessill, och så vidare. Makrill, som är Bohusläns landskapsfisk, lärde sig Birgit att röka och grava samt även att göra inläggning i tomatsås. När kärleken förde henne till ostkusten fick Birgit börja kalla sill för strömming, och makrill är det ont om i Stockholms skärgård, finns faktiskt inte alls i denna skärgård, likaså långa och sej lyser med sin frånvaro.

Hur Birgit upptäckte kampsport: Till Birgits stora intressen hör hennes passion för stridskonsten jujutsu. Det är en farbror till Birgit som fick henne intresserad av denna japanska kampsport. Farbrodern som heter Cornelius och bor i Ellös, som liksom Mollösund ligger på Orust, är sjöman med världen som arbetsfält och han har bland annat varit i Japan. Cornelius introducerade jujutsu hos släkten i Bohuslän. Han själv är inte speciellt duktig utan tycker att "det är en kul grej" som han uttrycker det. Men en som tycker att det är mycket mer än så, det är Birgit. Hon var tio år när hon började träna jujutsu på allvar i en kampsportsklubb. Jujutsu är en vapenfri kampsport som ingår i den så kallade budofamiljen, men Birgit sysslar även med sporten knivkastning som en skarp kontrast till jujutsuns vapenfrihet. Hon har ett set med kastknivar. Setet innehåller tre stycken knivar av olika modell och egenskaper och som förvaras i en välgjord trälåda. Liksom det väckta intresset för jujutsu är det farbror Cornelius som är "den skyldige". Farbrodern kom i kontakt med sporten knivkastning när han seglade till USA. Han köpte knivsetet med tillhörande låda som en present till sin brorsdotter Birgit. Vem kan därefter ha varit på besök i Rio de Janeiro? Återigen denne Cornelius. I Rio råkade han på en brasiliansk variant av den japanska jujutsun. Och när Cornelius kom hem till Orust introducerade han även den brasilianska med följd att Birgit tränade även denna variant som främst skiljer sig från den japanska genom att den brasilianska mest består av ledlåsningar och strupgrepp. Inte heller här är vapen tillåtna.

Segling är ytterligare ett av Birgits stora intressen. Hon älskade att segla ut på havet vid Mollösund och möta de långa och härliga vågorna som rullade in från Skagerrak. Detta var någonting Birgit aldrig kunde få nog av. Oskar är inte någon utpräglad seglare även om han seglat i en fin liten Tore Herlin-ritad båt som en sommargäst hade tagit med honom ut i när gästen kom för att köpa rökt ål av Oskars föräldrar. Sommargästen fanns på en ö som låg ett antal sjömil längre in i skärgården och totalt blev det inte mer än en handfull smakprov på finsegling för Oskar. Familjens egen mellanöka var utrustad med två master och sprisegel. Mellanökan gick visserligen att segla med, men den är långt ifrån lika välseglande som Herlinbåten. Däremot är paddling i enmanskanot, av typen Ålandskanot, ett av Oskars favoritval när han ville vara för sig själv och uppleva skärgårdsnaturen på egen hand. Ett annat av Oskars stora intressen är att tälja och detta hantverk förfinade han ständigt med nya utmaningar. En av hans specialiteter var att tillverka lockpipor av olika träslag. Lockpipor att använda vid jakt på bland annat räv, gräsand, kråka och rådjur. Och Oskar tillverkade även vapen. Ett av Oskars favoritvapen var armborst, som han jagade med men även använde till att skjuta prick. Han brukade sätta upp tallkottar på tunna pinnar som kördes ned i marken. Det blev många timmars prickskytteövning med armborst, men det var nödvändigt eftersom det var mycket svårt att träffa tallkottar på tio meters avstånd. Men övning ger färdighet och Oskars armborstpilar var verkligen någonting alldeles extra när det till exempel gällde en stadig förutsägbar bana i luften. Oskar fick lära sig att aldrig tumma på säkerheten. Ingen, eller för all del inget, levande skulle vara i riskzonen att träffas av armborstpilarna som absolut kunde vara dödliga beroende på var de träffade. En effektiv bakgrund som fångade upp pilarna var ju bra även för att få möjlighet att återanvända dem. Oskar valde att inte berätta för sina föräldrar att han faktiskt även använde sitt armborst att jaga med. En annan sak som Oskar inte var fullt tydlig med var att den ursprungliga inspirationen till hans intresse är vapnet armborst var att han läste en bok om den schweiziske nationalhjälten Wilhelm Tell. Uppdiktad historia eller inte blev Oskar hur som helst fascinerad över både själva berättelsen och Tells vapen.

30

FÖRSKJUTEN

OSKAR BLEV FÖRÄLDRALÖS efter en mycket tragisk olycka. Han var bara sexton år när det fruktansvärda inträffade som förändrade allt och han blev tvungen att bli vuxen från en dag till en annan.

Föräldrarna hade eget sågverk på ön och när det var större beställningar på virke ingick oftast transporten av det uppsågade virket i köpet som en tilläggstjänst när köparen önskar det. I det här fallet skulle transporten ske från Oskars föräldrars ö till en kund som skulle bygga hus i innerskärgården. Det var på våren, i början av maj månad, och vädret var fint. Den stora snipan var utrustad med styrhytt, klinkbyggt skrov av ek, motorn var en klassisk tändkulemotor av engelskt fabrikat och båten lastades med kran vid deras egen brygga. Det här var en onsdag och Oskar var på Beckholmen i Stockholm där han i veckorna gick som lärling på ett företag som var specialiserat på reparation och underhåll av motorer för marint bruk. Färden gick över relativt skyddade farvatten, det var bara en större fjärd som skulle korsas. Snipan lastades så mycket som den bar. Och kanske lite till, men vädret var som sagt fint och det var utlovat fortsatt svaga vindar hela denna dag. Färden gick bra länge och väl, men när den större fjärden skulle passeras inträffade någonting oförutsett. Just denna dag skedde övningar i en av flottans farleder i skärgården och man övade bland annat i höga farter. Det var två jagare som skulle visa vad de gick för när det gällde fart och manövreringsförmåga. När den stora snipan kom ut på fjärden såg dess besättning de två krigsfartygen på långt håll. Det fanns ingen kollisionsrisk och "störst går först" gäller ansåg Oskars föräldrar och höll sig på, vad de tyckte, behörigt avstånd från de två örlogsfartygen. Men det var ju det här med att visa upp manövreringsegenskaperna. Plötsligt girar de båda jagarna rejält och svallen de orsakar blir mycket höga och tvära. De girande fartygens svall bryter kraftigt. Branta och snabba kommer de mot den stora snipan. Utan att vara riktigt nära själva jagarna blir Oskars föräldrar oroliga när de ser de tvära brytande vågorna komma rakt emot dem. Oskars föräldrar kommer fram till att det är bäst att möta svallen rakt emot med stäven och med låg fart, bara cirka tre knop. Planen hade förmodligen fungerat bra i nittionio fall av hundra, men just denna gång råkade det vara den hundrade. De två örlogsfartygens girsvall samverkar och blir till någon form av korssjöar som ger intryck av att komma från flera håll samtidigt som de byggs på i höjd och styrka! Föräldrarna är i skydd inne i styrhytten när snipan möter de korsvis brutalt brytande vågorna, men lasten förskjuts av de krängande och knyckande rörelserna som uppstår i snipan. Lastens tyngd och rörelse praktiskt taget krossar styrhyttens övre del. Oskars föräldrar skadas, kläms fast och kan inte komma loss. När snipan får slagsida tar den in vatten. Skeendet går snabbt och snipan går till botten med besättning och allt. En del av virket behåller sin surrning intakt och följer snipan till botten, men resten flyter omkring på fjärdens yta.

Vid ett senare tillfälle, när snipan väl hade lokaliserats och bärgats, konstaterades att föräldrarna dog i stort sett omgående av virkets tyngd och kraft. Oskars båda föräldrar hittades i hytten. Begravning kunde därmed genomföras. Mitt i all bedrövelse var det ändå en tröst för Oskar att det gick att få ett avslut och en gravplats att kunna besöka. Det är långtifrån alltid som kroppar hittas och kan bärgas när båtar och fartyg sjunker.

Oskar blev tvungen att bli vuxen och ta ansvar för sitt eget liv från en dag till en annan. Tragedin påverkade honom starkt men han visade snart att han var uppgiften vuxen.

Som Oskar sa senare när han fått några års perspektiv:

– Jag hade inte något val. Det var nödvändigt att klara av det som krävdes, men det var naturligtvis på det viset att det inte fanns några garantier.

31

STOCKHOLMSBASERAD

SKOLAN SOM DISA gick i låg längre in i skärgården. Ofta var Disa inackorderad veckovis på ön där skolan fanns. Det var bara tolv elever på skolan och de var egentligen fördelade på flera klasser och årgångar. En hel del av undervisningen skötte Disas föräldrar. Detta av olika skäl som till exempel väder och årstidsrelaterat – besvärliga isförhållanden var återkommande i stort sett varje vinter.

Något överraskande för Birgit och Oskar önskar Disa utbilda sig till sjuksköterska och så blev det. Disa har en mycket stark vilja och har hon bestämt sig för att genomföra någonting, ja då gör hon det.

Under sin utbildning till sjuksköterska hyrde Disa en liten lägenhet vid Gärdet i Stockholm. Hon gick med i en kanotklubb och paddlade omkring och upptäckte Stockholm ur ett grodperspektiv. Runt Djurgården, Beckholmen, vid Gröna Lund, Pålsundet, Reimersholme, Långholmen, Strömkajen och Grand Hotell, under Västerbron, längs Norr Mälarstrand, Årsta Holmar, Slussen, med mera. Disa föredrar Stockholm sedd från kanotens sittbrunn. På landbacken är Gärdet och dess omgivningar med stora öppna ytor någonting som tilltalar henne. Disa trivs med utbildningen men det är alltid lika trevligt och skönt att tillbringa loven hemma på ön med föräldrarna.

Disa förundras över en del företeelser i huvudstaden. En sådan företeelse är de så kallade raggarna. Ofta höll de till på Kungsgatan och dess närliggande gator. Disa och Anita, en väninna från sjuksköterskeskolan, har varit på bio. Nu går de Kungsgatan fram och tänker gå hem till Gärdet via Strandvägen när en raggarbil glider in vid sidan av dem och stannar. En man i tjugoårsåldern tilltalar dem på någon form av Göteborgsdialekt.

Disa och Anita stannar till och börjar skratta:

– En raggare på Kungsgatan i Stockholm som låter som att han kommer från Göteborg, det är en kul kombination! sa Disa. Jag gillar dialekten, min mamma är från Mollösund på Orust, fortsätter Disa.

– Du skämtar! Jag är också från en ö i Bohuslän, säger raggaren förtjust.

– Vad gör du här då, finns det inga raggare i Göteborg? frågar Anita.

– Jag har inte funnit min rätta plats ännu, eller mitt kall för den delen. Egentligen vet jag bara en sak och det är att jag kommer bli berömd! Sven är mitt namn. God afton mina damer! säger Sven artigt och glider iväg på Kungsgatan ner mot Svampen vid Stureplan.

– Lycka till Sven! ropar Anita och Disa ropar så högt hon kan:

– Vilken ö är du ifrån?

– Svarade han Brännö? sa Anita.

– Jag tror det, sa Disa. Intressant kille. Det verkar ju inte som om han tänker sig att bli berömd som raggare, inte riktigt hans kall. Och hur ska man kunna tänkas bli berömd som raggare? Det skulle vara mycket spännande att få veta vad han blir berömd för. Kanske får vi veta det en dag, filosoferar Disa vidare om denne Sven från en ö i Bohuslän, som de bara kanske uppfattade namnet på.

Anita och Disa gillar att dansa och vad kan då vara bättre än att besöka Nalen? Svaret är: Ingenting!

– Nalenkvällar är toppenkvällar! sa Anita till Disa när det är, enligt Anita, dags för ännu ett besök.

Anita är betydligt mer van vid Stockholm än vad Disa är trots att även Anita är uppvuxen på en ö, men i hennes fall är det Lidingö. Anita bor egentligen fortfarande hos sina föräldrar i deras villa i Askrike på Lidngö, men hon brukar sova över hos Disa i hennes lägenhet vid Gärdet. Speciellt gäller detta när det är besök på Nalen för de två vännerna. Anita är sportig av sig med bland annat jazzdans, tennis och ridning på repertoaren och hon prövade även på att paddla kajak i klubben där Disa är medlem. Både Anita och Disa har haft pojkvänner relativt korta perioder, allt från ett par veckor upp till några månader. Men det har inte varit fråga om några allvarligare kärleksförhållanden, mest på kul och nästan mer som kompisrelationer än någonting annat.

Disa är trygg i sig själv när hon är ute på stan med Anita. Träningen och daningen i diverse färdigheter hemma på ön har gett Disa en inre säkerhet, samt ett stoiskt lugn i de flesta typer av situationer. Både på det fysiska och mentala planet är hon förberedd på det mesta, även det som inte gick att förutse.

– Det är intressant med utmaningar där det gäller att lösa problem och svårigheter vartefter de uppstår, sa Disa lugnt och sakligt.

Disa brukar fundera på vem hon bråddes mest på, sin mamma eller sin pappa? Hon har kommit fram till att det förmodligen är ganska jämnt fördelat mellan dem båda, mest rättvist när det är på det sättet. Båda nämnda, ingen glömd.

Bus på stan har väl alltid funnits och kommer antagligen alltid att finnas, mer eller mindre. Vissa vet helt enkelt inte hur man uppför sig. Det är tyvärr en sanning. Vilket skulle bevisas ännu en gång under en utekväll med dans för radarparet Anita och Disa. Anita kan vara ordentligt fräck i mun när hon är på det humöret. Men det är mest bara munväder, det går inte över i handling eftersom hon egentligen innerst inne är en väluppfostrad familjeflicka. Det började egentligen inne på Nalen när en kille är närgången mot Anita och inte förstår vad ett nej betyder. När det är färdigdansat för kvällen och Anita och Disa ska röra sig hemåt mot Gärdet gick den efterhängsne killen samt en kompis till honom, ikapp dem.

– Hörni små puddingar, varför så bråttom? sa den otrevlige killen utan hyfs och kompisen sa ingenting, bara garvade töntigt.

– Vi ska hem till våra öar och få oss lite skönhetssömn, svarade Anita.

– Jaså minsann, va e de för öar då? Ska ni simma dit eller? och hans kompis garvade på nytt.

Då sa Anita:

– Min väninna bor på Stora Pungholmen! Du vet, nästan som "Great Balls Of Fire" och vilken ö jag bor på har du inte med att göra!

Disa skrattade och det gjorde kompisen till den efterhängsne också! Som nu blir tvärförbannad, går fram och tar tag i Anitas hår och skriker åt henne:

– Du ska få för Pungholmen din slyna! Jag ska visa dig hur det går när man driver med mig! Och så höjde han höger arm och det ser ut som om han tänker slå Anita i ansiktet med öppen hand.

Disa reagerade blixtsnabbt och var med ens framme hos den

aggressive killen och hon väste mer än sa:

– Du släpper henne NU! Och slår du henne kommer du att åka härifrån i ambulans!

Killen tvekar men behåller sitt grepp om Anitas hår med sin vänstra hand.

– Okej, jag varnade dig. Skyll dig själv! sa Disa och låser killens högra arm samtidigt som hon tar ett strypgrepp på honom.

Kompisen till den efterhängsne är på väg att hjälpa honom, men Disa är beredd och sparkar honom hårt mellan benen.

Han sjunker ihop på trottoaren och hamnar i fosterställning, men lyckas kvida fram:

– Du är ju för faan inte klok!

Disa svarar lugnt och tydligt:

– Kanske det, men nu ska du vara klok och försvinna härifrån och ta med dig din kompis! Han ser inte ut att må bra, han har en märklig blå färg i ansiktet! Ser ut att behöva luftombyte!

Den efterhängsne håller fortfarande krampaktigt fast Anita i håret.

– Släpp och gör det NU! sa Disa och trycker till hårdare över den efterhängsnes hals, som äntligen släpper Anita.

– Se där, det var väl inte så svårt. Duktig ligist! sa Disa och släpper sina grepp.

Anita är till en början i någon form av chocktillstånd och vill bara bort från platsen. Disa förvissar sig om att de två killarna inte följer efter dem, men det är ingen fara. Anita börjar gråta och Disa ger henne en kram:

– Såja, såja. Det är över nu. De där typerna är borta och de kommer inte att våga bråka med oss något mer. Hur är det med ditt hår, gör det mycket ont i huvudet?

Anita nickar och säger mellan snyftningarna:

– Ja, det gör ont. Vilken skitstövel! Jag borde ha sparkat honom på pungen, som du gjorde med den andra idioten! Kom att tänka på det jag skojade om, Stora Pungholmen, varsin rejäl spark på deras hängen så att de svullnar upp ordentligt!

Nu förbyttes snyftningarna i skratt. De skrattade båda två och kunde knappt stå upp av skratt. När de till slut fick ont i magen av allt skrattande lugnade de sig och Anita sa:

– Hur kunde du göra det du gjorde? Jag menar när du tog greppen på han som drog mig i håret och där står du på ett ben och sparkar den andra killen pungblå! Det var fantastiskt! Kan du lära mig det? Det verkar som om jag behöver kunna sånt.

– Visst kan jag lära dig sånt om du vill det. Att träna ute på Gärdet skulle inte vara fel när jag tänker efter. Men du bör veta att det krävs många timmars övning för att bli riktigt skicklig. Min mamma lärde sig det av en farbror till henne som heter Cornelius, kampsporten heter jujutsu och är en japansk strids-teknik utan vapen. Består främst av olika slag och sparkar. Mamma började i sin tur lära mig när jag var liten. Jag var bara i femårsåldern när vi började och vi tränade minst tre gånger i veckan året om de första åren innan jag började skolan. Sedan har vi fortsatt att träna mamma och jag genom åren så ofta vi haft tillfälle. Hennes farbror visade även en brasiliansk variant där det mer går ut på det som jag använde på ligisten, alltså att låsa leder och ta strupgrepp. Mycket effektivt när man kan det. Och den japanska sparken gjorde ju nytta på ligistens kompis.

Anita sa bara:

– Fantastiskt!

32

ERFARENHET RIKARE

DISA SEGLADE MYCKET gärna med Stjärnbåten som gav henne en härlig nära-vattnet-kontakt som förstärkte fartupplevelsen när seglen var perfekt skotade och trimmet gjorde att det var en neutral känsla i rorkulten, varken lovgirig eller fallgirig. Men paddlingen med kajaken som Disa fått i födelsedagspresent när hon fyllde femton år lockade faktiskt ännu mer. Speciellt när hon kunde ta några dagar, ibland till och med någon vecka, ledigt från allt och paddla iväg på längre turer. Tält, ett litet fotogenkök, sovsäck, luftmadrass, träningsoverall, islandströja, regnkläder, shorts, blus, handduk, sjökort, transistorradio, tändstickor, plåster, konserver, frukt, torkat kött på apachevis, komplett mete, kniv, konservöppnare, tvål, tandborste, tandkräm, solglasögon, solkräm, ett par böcker, diskborste, diskmedel, dunk med färskvatten, med mera.

Slutet på sommarlovet den mycket varma och regnfattiga sommaren 1959, den så kallade "Getingsommaren". Varför kallas den så? Jo, för att det är så förbannat mycket med getingar! Inte svårare än så. Hursomhelst, Disa har förberett för en veckas upptäcktsfärd med sin kajak i ytterskärgården. En flaska Salubrin för att behandla eventuella getingstick ingick i förbandslådan. Det är fortfarande ovanligt varmt i vattnet och Disa ser fram emot en skön och avkopplande avslutning på sommarlovet, samtidigt som hon ska få en hel del motion i och med all paddling. Och det här med vattenkontakt som Disa verkligen gillar när hon seglar Stjärnbåt får hon ännu mera av i sin vackra mahognylåda. Att ta ett antal snabba paddeltag för att komma upp i hög fart, därefter lägga paddeln i knät tvärs kajaken och hålla ut armarna åt sidorna och bara nudda vattenytan med samtliga fingertoppar är en för Disa sann sinnlig njutning!

De första dagarna beger sig Disa allt längre norröver i havsbandet. En och annan segelbåt är ute i det härliga sensommarvädret. Disa ser Folkbåt, Laurinkryssare, Neptunkryssare samt ett par segelkanoter, men det är ganska båt- och folktomt. Disa tycker att det är precis som det ska vara.

Den fjärde dagens kväll är solig, varm och det är praktiskt taget stiltje. Disa slår läger på en ö med fina släta klippor där det även finns så pass mycket jordmån att hon kan få ner tältpinnar och hon säkrar dem genom att lägga på stenar som hon plockar upp i en grund vik.

Disa pysslar med matlagning och efter att hon ätit lägger hon sig på sin luftmadrass och läser utanför tältet. Stilla och fridfullt. En stund.

Ett ljud av en motor fångar Disas uppmärksamhet. På håll ser hon en kravellbyggd, fernissad motorbåt med en liten grönmålad roddbåt på släp puttra fram och försvinna bakom ett par öar. Motorljudet tystnar efter en liten stund och Disa tänker inte mer på det. Men någon kvart senare ser hon någonting som orsakar en reflex en bit upp på en ö i riktning där motorbåten syntes senast.

Disa tar ett kvällsbad i det klara havsvattnet. Hon njuter av det svalkande vattnet, stillheten och lugnet.

Disa tar en promenad runt ön. Det är inte någon stor ö och det blir en lagom kvällspromenad. Hon stannar ett tag och tittar på en hare som sitter ända nere i strandbrynet. Förmodligen befinner haren sig där för att dricka. Disa ser även en huggorm som verkar pigg och ringlar iväg innan hon är riktigt nära. Disa är inte speciellt rädd för ormar men hon vet att om hon skulle råka bli biten av en huggorm är det långt till vård, både tidsmässigt och räknat i avstånd. Det bästa botemedlet är att vara försiktig och se sig för var man sätter fötterna. När Disa är tillbaka vid sin lägerplats ser hon en liten roddbåt närma sig. Det är den lilla grönmålade som hon såg på släp efter den kravellbyggda motorbåten. När roddbåten kommer närmare ser hon att det är två män i den. En av männen ror och den andre sitter i aktern och tittar åt Disas håll med en kikare. Kan det ha varit kikaren som orsakade reflexen jag såg förut? Då har de förmodligen sett när jag badade. Nyfikna typer, tänker Disa. Hon sätter sig ner vid tältet och funderar på vad de kan vilja henne. Båtens stäv når land och männen tar sig upp på strandhällen. Lite vingligt, närmast klumpigt.

Är de inte nyktra? hinner Disa tänka innan den ena mannen säger:

– Vad gör du här ute helt ensam?

Innan Disa hinner svara att det har han inte med att göra fortsätter mannen att prata till henne:

– Nu stumpan är det bara du och vi här. Du var väldigt fin att se på när du badade! Läckra tuttar!

Den andre mannen säger snabbt:

– Lägg av och dalta med bruden, ska vi knulla henne eller inte? Jag ska i alla fall göra det. Du Robban kan ju stå och snacka skit under tiden.

Mannen som säger att han ska knulla henne har stånd och

Disa kan enkelt konstatera att han är den klart mest aggressive av de två männen. Det är den mannen jag ska provocera och reta, få honom ursinnig helt enkelt, tänker Disa kallt och ställer sig upp.

Robban säger med låg röst, nästan viskande:

– Du ska väl inte säga mitt namn heller, eller hur Johan, det sa vi ju att vi skulle låta bli! Robban hinner knappt avsluta meningen innan Johan väser:

– Håll käft Robban. Nu sa du ju vad jag heter. Din korkade faan. Ska du säga vad jag heter i efternamn också? Idiot!

– Du heter ju Petersson, det vet du väl?

– Såklart jag vet. Lika bra som jag vet att du heter Andersson! Disa lyssnar och iakttar de båda männen med stigande förvåning. Hon kan inte låta bli att le åt deras beteende.

– Står du och skrattar åt oss, brudjäkel. Hoppas att du flinar när jag sätter på dig i ditt eget tält!

Mannen som tydligen heter Johan Petersson tar några snabba steg mot Disa. Han vinglar lite men är trots allt målmedveten i sin framfart.

Disa säger snabbt och tydligt till den annalkande mannen, samtidigt som hon pekar på honom i gylfhöjd:

– Ska du Petersson försöka knulla mig med den där ynkliga grejen du har i byxorna? Duger inte ens som bete när man ska meta abborre. Spigg möjligen. Kanske din kompis Robban har någonting rejälare att komma med?

– Din jävla slampa, skriker Johan Petersson och når fram till Disa.

Hon utnyttjar hans raseri, fart och dåliga balans och kastar honom till marken en bit bakom sig. Disa är snabbt framme vid den överraskade mannen och med sin täljkniv skär hon av honom båda hälsenorna. Mannen vrålar av smärta.

Disa vänder sig till den nu skräckslagne Robban:

– Ska du Robban lille också försöka våldta mig? Det gick

inte så bra för din kompis.

Robban mer stammar fram ord än pratar:

– Hu-hur gjorde du det där? Du-du slåss inte på ett juste sätt, använda kniv mot min po-po-polare!

Disa svarar lugnt:

– Ni är två vuxna karlar mot en stackars oskyldig flicka. Tycker du verkligen att jag ska låta mig våldtas bara så där? Jag skar av båda hälsenorna på din kompis. Han har hastigt och olustigt fått mycket svårt att gå. Omöjligt faktiskt. Du ska hjälpa honom till båten. Sedan ska ni ta er härifrån och jag vill aldrig se er igen. Förstått?

Robban nickar, gapar fånigt och försöker ta till sig det Disa därefter säger:

– En sak till. När du har hjälpt honom ombord ska jag skära av en hälsena på dig. Men jag ska vara en snäll flicka och låta dig välja, höger eller vänster?

Robban börjar gråta och skrika hysteriskt:

– Du-du-du är ju inte riktigt klok! Snälla-snälla låt mig vara, skada mig inte!

Tråkigt nog för Robban hjälpte det inte hur han bönade och bad. Eftersom han var alltför panikslagen för att välja, gjorde Disa slag i saken och valde åt honom enligt "Ole Dole Doff-metoden". Det blev vänster.

33

HUMLELIK

DISA UPPTÄCKTE EN fantastisk plats allra mest av en slump. Så här gick det till: Hon är ute och paddlar sin vana trogen. Denna gång är det en fyradagarstur på för henne relativt kända vatten. Bland annat vid en ganska hög ö med ogästvänliga branta klippor som Disa hade paddlat förbi på avstånd vid flera tillfällen, men denna gång blir det annorlunda. Hon ser en storskrakfamilj, hona med ett tiotal ungar, som fiskar med fart och framgång. De springer på vattnet, dyker snabbt och skickligt och kommer allt som oftast upp till ytan med fisk i näbben. Skrakfamiljen hjälps åt att driva fiskstim framför sig och som på ett givet kommande dyker hela familjen skrak och det här är mycket framgångsrikt fiske kan Disa konstatera när hon följer detta skådespel från sittbrunnen i sin vackra mahognykajak. Disa fortsätter att följa skrakfamiljen med blicken, men plötsligt är de borta. Vart har de tagit vägen? Disa paddlar in mot de branta klipporna. När hon är nära upptäckter hon en spricka i berget, likt en smal låg grotta. Det är för tillfället ingen gammal sjögång. Det gör att Disa kan ge sig in i grottan som inte är bredare än att hon når till dess sidor när hon sträcker ut armarna. Det går inte att paddla, men Disa drar kajaken framåt genom att ta tag i de skrovliga bergssidorna. Ett tiotal meter in i berget finns en öppning, grottan är egentligen mer som en tunnel. Disa glider ut med kanoten i en osannolikt vacker vik, eller snarare är det en lagun. Lagunen omgärdas av höga bergssidor och i själva lagunen finns det klart vatten, ljus sandbotten och här och där stora stenar på uppskattningsvis fem till sex meters djup i mitten av lagunen, som har en diameter på ungefär femtio meter. Och här i lagunen är skrakfamiljen samlad och när de får syn på Disa känner de sig rejält trängda. Fåglarna dyker och springer omkring i vattenytan hit och dit i panik innan de samlar sig och flyr ut genom sprickan i berget. Vilken fantastiskt vacker och unik lagun, tänker Disa. Och det är kanske bara jag som känner till att den existerar! Jag och en skrakfamilj förstås, funderar hon vidare. Längst in i lagunen finns det en berghäll som är slät och fin. Berghällen har ett lägre parti in mot den raka, branta bergväggen. I det lägre partiet får Disa lagom rum med kanoten och sig själv. Hon pumpar sin luftmadrass och sträcker ut sig på den.

– Det här är från och med nu min fristad, min alldeles egna plats på jorden, sa Disa till sig själv.

Under ett par års tid paddlade Disa vid ett flertal tillfällen till "sin lagun". Fridfull, vacker, unik, mystisk. När Disa besöker fristaden för sjunde gången är allt som vanligt till en början. Hon uppskattar verkligen allt på denna plats. Disa har som vanligt placerat kajaken intill berget på den lite lägre delen av berghällen och själv ligger hon och läser en bok – Stieg Trenters "Springaren" – alldeles bredvid sin kajak. Disa sätter sig upp och tittar ut över lagunens blanka vattenyta. Lyssnar. Hon vet inte vad det är, kan inte sätta fingret på det. Nej, det är mer en känsla, en förnimmelse. Ett stim med små fiskar börjar plötsligt hoppa upp över ytan alldeles vid sprickan som är den enda vattenvägen till eller från lagunen. Plötsligt upphör de små fiskarna med att hoppa och de syns inte till mer. Allt är stilla igen. Jag kan ha fel, men jag brukar känna på mig när någonting inte är som …Längre än så kommer inte Disa i sin fundering förrän hon lägger märke till något som hon först uppfattar som en ovanligt stor humla som flyger någon halvmeter ovanför den blanka vattenytan. Men så ser hon att vattenytan under "humlan" bryts av något smalt. Disa trycker sig instinktivt ner mot berghällen där hon ligger och samtidigt förflyttar hon sig ytterst långsamt närmare sin kajak för att komma ännu mer i skydd. Disa inser att det här och nu befinner sig någonting i lagunen som är tillverkat av människor. En liten rund grej som sitter överst på en mycket diskret stång som nära nog är genomskinlig. Disa kikar mycket försiktigt över berghällen som döljer henne och kajaken. "Humlan" har stannat till mitt ute i lagunen. Långsamt höjer sig ett skärgårdsgrått skrov upp ur vattnet tillräckligt mycket för att Disa ska kunna se ett litet torn och skrovets välvda däck. Hon konstaterar att det är en liten undervattensfarkost som letat sig in i hennes fristad, eller snarare från och med nu "Min före detta fristad", tänker Disa. Är det fråga om vän eller fiende? Jag har ingen vän som har en undervattensfarkost, tänker Disa. Hon ligger kvar, så lågt och stilla som möjligt. Disa avvaktar, lyssnar, sneglar ytterst försiktigt. Det finns inga beteckningar på den lilla farkosten, kan hon konstatera. En lucka öppnas högst upp på det lilla tornet. Disa vågar inte ta risken att titta nu. Hon lyssnar intensivt och plötsligt hör hon en mansröst. Mannen pratar inte med henne, kanske har han inte upptäckt att hon finns här?! Någon inne i farkosten svarar honom troligen och de kommunicerar ytterligare under ett par minuter. Därefter blir det alldeles tyst. Driver de med henne, leker som katten gör med en fångad mus? Nyfikenheten tar överhand, hon måste få veta, har de sett henne? När Disa mycket försiktigt tittar över berghällen ser hon en fridfullt stilla vattenyta, tom på undervattensfarkost, inga män som pratar. Har det hänt på riktigt? Ja, det har det, men hur har de kunnat upptäcka denna plats och vad är det för en liten undervattensfarkost, vem har tillgång till sådana? Militär, underrättelsetjänst, hotet från öst ...Disa har hört om det svenska flygplanet som försvann spårlöst över Östersjön. Vad pratade mannen för språk? Disa är inte säker men hon tror att det var ryska, eller möjligen polska, eller bulgariska...Disa kan inte låta bli att le i all bedrövelse. Klart som Bullens pilsnerkorvspad att det är bulgarer som dyker upp här i hennes lagun. Nä, hon sätter nog en stor brun peng, alltså en femöring, på ryssar. I skolan hade de fått lära sig om de så kallade rysshärjningarna år 1719 på ostkusten och i Stockholms skärgård. Ryssarna rekognoserade under 1710-talet längs den svenska ostkusten och i skärgårdarna. Nära nog två och ett halvt århundrade senare är det möjligen ryssar som är här igen, men nu med helt andra farkoster än vad som var gångbart då. Disa rös. Vad skulle inkräktarna ha gjort med henne om de upptäckt henne? Ingenting bra – eliminering, undanröjning. Nu gäller det att vara ytterst försiktig. Innan hon paddlar ut på havet vill hon försäkra sig om att de i undervattensfarkosten inte har gillrat en fälla. Kanske de hade sett henne och nu bara väntade på att fällan skulle slå igen! Pang! Förmodligen enkelt för dem att applicera någon form av sprängladdning ...Kanske en handgranat med en wire? Disa har alltid med sig ett cyklopöga och en snorkel i sin kajak. Hon simmar över lagunen och dyker försiktigt ner i passagen och kontrollerar den från botten upp till ytan. Disa simmar också genom passagen in till lagunen och kontrollerar bergssidorna att de är rena från "djävulstyg". Ingenting, då hade de förmodligen inte upptäckt hennes närvaro trots allt. Men det kan ju vara på det viset att de väntar på henne utanför, under ytan, se utan att synas. Har dessa inkräktare verkligen ett sådant tålamod? Hon avvaktar ytterligare ett par timmar innan hon avlägsnar sig från lagunen. Den här platsen kommer inte att bli densamma för henne, det är en sak som är säker. Ska hon någonsin våga besöka lagunen på nytt? Ska hon meddela det svenska försvaret vad hon sett och upplevt? Någon chans att över huvud taget bli trodd? Kanske, kanske inte. Förmodligen inte. Vad har hon för bevis? Svaret är kort och koncist: Inga bevis alls, bara en ögonvittnesskildring: "Tro mig, jag såg någonting som jag först gissade var en jättestor humla som kom flygande ovanför vattenytan. Och det som visade sig inte vara någon humla var monterad på en genomskinlig pinne. Sedan dök det upp en bulgar ..." Nej, det behövdes någonting konkret. Kan hon spana på håll, från en annan ö? Vad kan hon se om hon spanar med kikare? Det som pågår inne i själva lagunen kan hon tyvärr inte se ett skvatt av. De som önskar kan befinna sig i lagunen ostört. Ska hon gillra en fälla, vid sprickan, passagen – en liten undervattensfarkost behöver gå en bit ner, under ytan där sprickan var bredare. En minering? Spränga farkosten – bevis nog. Ska främmande makt kunna klaga? Knappast. Kan de komma att hämnas? Troligen på något sätt. Frågan är vem och vad de ska hämnas på? Kan de komma att få upp spår som leder till "den skyldige"? Kanske det spelar en mindre roll för dem, det viktiga för dem är att det kommer ett svar, ett brutalt budskap: "Ni rör inte det som tillhör oss ostraffat! Vi spionerar på er hur mycket vi vill!" Sverige som land skulle högst troligt backa när det kom hot och andra typer av otrevligheter. Enligt traditionen "FFF", Flathetens Förlovade Fäste.

34

OVÄDERSNATT

DISA ÄR UTE på ön hos sina föräldrar och hjälper till med förberedelser inför vintern. Det är i månadsskiftet oktober-november och det finns mycket att göra med båtar, redskap, maskiner, utrustning, djur och så vidare.

Djuren, speciellt hästen Stigfinnaren och de båda korna Margot och Mona, är oroliga på eftermiddagen strax innan det börjar skymma. Disa pratar med sina föräldrar om orsaken till varför djuren verkade stressade. Kvällshimlen är spektakulärt röd och varken Birgit eller Oskar sa sig ha sett någonting liknande. Disa la märke till att barometern visar ett hastigt fallande lufttryck. Hon ber sin mamma och pappa att ta en titt på barometern. Birgit och Oskar tittar på barometern och sedan tittar de på varandra.

– Oj, jag har aldrig varit med om ett så lågt lufttryck! Barometern slår ju praktiskt taget i botten! sa Birgit och skakade på huvudet och knackade försiktigt på barometerns glas. Oskar kan bara hålla med och la till ett ord:

– Illavarslande!

Och ett oväder utöver det vanliga är verkligen på ingång. Vindstyrkan ökar snabbt ju närmare midnatt man kom. Sedan startar infernot på allvar! Orkanvindar med råge. Kulmen nås vid tre– till fyratiden på natten. Ingen av dem kan sova. Det dånar obeskrivligt högt och de tror att deras sista stund är kommen. Genom det ständigt pågående dånet brakar det då och då när träd som stått pall i hundratals år, och klarat sig genom många stormar, nu gav vika. Själva boningshuset rister och skakar i vindstötarna och ibland knirrar och knarrar det likt ett segelfartyg i storm. Disa tror att de när som helst ska se natthimlen när taket far av, men så börjar vinden sakta att avta och när gryningen kom är det bara en styv kuling kvar av ovädret. Men dess härjningar syns nu i dagsljuset – träd ligger fallna huller om buller så att det mest liknar ett gigantiskt plockepinnspel. När det blåste som mest var det från nordväst och det är trots allt en skonsam vindriktning för familjen Dirkensten vars boningshus, sjöbod, verkstad, uthus, lada, stall, bryggor och båthus ligger relativt samlat på öns sydostsida. Träden, skogen, på deras ö har fått ta den stora vindsmällen. Sjöbodar, bråte, bryggor, bojar, båtar i marvatten, med mera, kom drivande förbi deras ö.

– Möjligen ett oväder per sekel av den här digniteten, sa Oskar med eftertryck.

Deras telefon är död. Att ha luftledningar på öarna är inte smart trots att man gjort "ovädersgator" i anslutning till ledningarna, eftersom dessa "gator" visade sig vara otillräckliga på grund av att de ofta inte är tillräckligt breda.

35

BRUTHUS SYSTER

DISA BLIR KVAR på ön hos sina föräldrar. De hjälps åt att röja upp det värsta kring hus, uthus och sjöbod samt även delvis i själva skogen. Efter tre dagar ringer telefonen. Fixat, reparerat – snabbt jobbat. Den som ringer är systern till en man som hette Kalle Bruthus och som försvann under andra världskriget. Det gick rykten om denne Bruthus, bland annat kring omständigheterna när det gällde hans försvinnande och hans arbete för den svenska staten. Kalle Bruthus dödförklarades efter ett antal år. Systern som nu ringer heter Ingrid och ärvde ön efter brodern.

Ingrids ö ligger långt ut i skärgården och hon frågar följande:

– Skulle ni kunna göra mig en tjänst? Jag blir er evigt tacksam om ni vid tillfälle kan åka ut till min ö och framförallt titta till huset och sjöboden.

Ingrid är orolig att ovädret orsakade skador som kan göra att hus och sjöbod blir förstörda under hösten och vintern när det regnade och snöade in. Själv har Ingrid tyvärr ingen möjlighet att komma ut till ön innan vintern.

Disa erbjuder sig att åka ut till Ingrids ö. Redan nästa morgon kan hon bege sig iväg med verktyg och lite virke att använda till eventuella reparationer.

Ingrid tackar och blir så rörd att hon gråter högljutt i telefonen:

– Disa, jag är så tacksam! Det här betyder oerhört mycket för mig!

36

HÄRJAD SKÄRGÅRD

– VILL DU VERKLIGEN inte att vi följer med, eller i alla fall någon av oss? frågar Birgit när Disa tidigt på morgonen gör sina förberedelser med mat och utrustning.

– Men mamma, tycker du inte att jag brukar klara av lite av varje och dessutom det mesta när det gäller båtar, hantverk och sånt? Dessutom ska det bli vackert väder idag, sol och svag vind, det kan inte bli bättre. Jag tar stora snipan och ger mig iväg så snart det börjar ljusna och jag lovar att vara tillbaka innan det blir mörkt! svarar Disa och ger sin mamma en kram.

Disa vet att det är knappt med tid. Med den stora högsjö-snipan, som gör åtta knop som mest och nära nog sju knop som bäst, ska det ta nästan tre timmar ut till Ingrids ö. Inte mycket med tid för att utföra eventuella reparationer innan det är dags för färd åter till hemmahamnen. Dags att ge sig iväg.

Disa njuter av båtfärden och allt som hör till. Det ger henne som alltid en stark frihetskänsla att vara ute med båt i skär-gården. Nu är det i och för sig en lite annorlunda skärgård. Hon kan konstatera att det fortfarande finns allehanda saker och ting som flyter omkring, dessutom ligger det mycket bråte längs stränder och i vikar.

– Att baggböla framöver kommer att kunna ge bra resultat, sa hon till sig själv och log.

Men nu är det inte tid för baggböleri. Nu är hon ute på ett specifikt uppdrag och uppdragsgivaren heter Ingrid, syster till Kalle Bruthus som försvann under andra världskriget, sommaren 1942 närmare bestämt. Disa har märkt på sin mamma och pappa att det är någonting speciellt med denne Kalle Bruthus, samt dennes spårlösa försvinnande. Disa har hittills inte blivit klok på vad det är, men ATT det är någonting, ja det är hon fullständigt övertygad om. Att kunna "läsa av" människor, för all del även djur, känna av sinnesstämningar positiva såväl som negativa är en av Disas förmågor.

Den stora snipan är till största delen öppen och den används främst till transporter av virke och utrustning, samt till fiske, allt från strömmingsfiske med skötar till ålfisket med bottengarn och ryssjor. Snipan är även en härlig utflyktsbåt och Disa har många sköna minnen knutna till just denna båt. Även skräckfyllda med ingredienser såsom dimma, hårda vindar och enorm sjögång. Den allra värsta händelsen och klart mest skrämmande var när de var nära att kollidera med en hornmina. Det var mörkt och det var sjögång, bara metrar ifrån den skräckinjagande stora svarta minan som hävde sig långsamt, gungade sakta upp och sakta ner, i de stora vågorna.

Min pappa sa:

– Usch, de här hornminorna är verkligen inte något man vill köra in i. Den här minan är förmodligen från tiden för andra världskriget. Nu har den antagligen slitit sig, kanske en sönderrostad kätting. Fy va ruggigt! Vi hade tur som såg minan i tid och hann gira undan!

37

FYNDPLATS

IDAG ÄR DET fantastiskt att glida fram mellan öar och över mer eller mindre stora fjärdar. När Disa är nära Ingrids ö ser hon även ut mot de allra yttersta skären och här och där allt mer fri horisont.

Disa förtöjer snipan vid öns enda brygga. Eller rättare sagt – vid öns före detta brygga. Det är inte mycket kvar av bryggan. Det enda som har stått pall när orkanen drog fram med kraftfulla vågor och exceptionellt högt vattenstånd är den stora stenkistan, själva brokaret. Detta brokar ger fortfarande skydd mellan sig och den berghäll som ligger alldeles innanför. Disa förtöjer runt en kraftig stock i brokaret samt i en rejäl moring som är applicerad i berghällen. Förmodligen Kalle Bruthus verk, både brokaret och moringen. Det syns att de har varit med ett tag och med största sannolikhet var han införstådd med vad som gällde, och gäller, här ute. Tysk rorkult. Alltså rejäla överdimensionerade grejer. Disa skrattar för sig själv, "tysk rorkult" är ett uttryck hon snappat upp ur en bok och som tycks passa fint här och nu.

Disa kan snabbt konstatera att orkanen ställt till en del även på själva ön. Ett fönster är intryckt på den lilla stugan, sjöboden har fått en stor albuske över sig och det har uppstått en del skador på takpappen och det ligger en del saker utspridda här och där som vindarna fått tag i. Och utedasset har blåst omkull.

Disa konstaterar:

– Stor orkan stjälper ofta ett litet utedass. Vilket imbecillt uttryck, var har jag hört det? säger Disa och ler.

Nå, det här dasset är snarare medelstort, men det klarade sig ändå inte. Dörren till stugan är enligt uppgift olåst och det visar sig stämma. Väl inne ser Disa vad som orsakat att fönstret är trasigt. Ett metallock som ligger som skydd uppe på huggkubben som står ett tiotal meter framför stugan, har lyfts upp med orkanvindarnas hjälp och flugit rätt in genom fönstret. Där ligger det stora metallocket nu på golvet i stugan. Disa tittar sig omkring i stugans enda rum. Kökssoffa och bord, vedspis, kamin, och …Disa stannar till i sina funderingar. Lukten i rummet, i huset …Alla hus, hem, lägenheter, och så vidare, har sin speciella doft, lukt …Disa känner att hon blir konfunderad över lukten i detta hus. Det luktar inte illa. Inte överdrivet gott heller. Men det är något som appellerar till hennes medvetande...

– Nå, nu finns det en del att göra och det måste gå snabbt, sa Disa till sig själv.

Hon sätter en träskiva på utsidan av fönstret och fixerar den med brädor och spik. Disa klättrar upp på sjöbodens tak och sågar av alens grenar och ser till att få bort dem från taket. Hon lagar takpappen på sjöboden provisoriskt för att förhindra att det ska regna in. Dasset ligger där det ligger och får ligga kvar. Hon tar sig tid att sopa ihop glasskärvorna på stugans golv och lägger skärvorna i en hink. Tidsplanen håller, tänker Disa och går till båten. Hon dukar upp smörgåsar och kaffe på aktertoften, sätter näsan mot söder och njuter av den lågt stående novembersolens försök till ljus och värme. Novembers silverljus glittrar på fjärden i syd. När hon som bäst sitter och mumsar på en smörgås med ost får hon se någonting som skymtar bland de stora stenarna i brokaret. Föremålet ligger i det näst översta lagret av stenar och det ser ut att vara av metall. Disa blir nyfiken och kliver iland, går runt till brokaret och klättrar ut på de hala stora stenarna. Hon behöver flytta lite på några stenar innan hon kan lirka loss ett rör, nej snarare en cylinder, av metall. Hennes första tanke är att det är någonting med militär anknytning, kanske någon sorts sprängkapsel, tänd-rör, patron från någon kanon, eller en liten mina? Ska hon verkligen hantera denna om den kan vara explosiv? Men hon kommer fram till att detta knappast har militärt eller krigiskt ursprung. Disa förstår att cylindern förmodligen har funnits i bryggan under en lång tid eftersom den ser rejält väderbiten ut. Disa tar lite trassel med fotogen på och torkar cylindern. Fram träder ett välgjort och vackert föremål som till råga på allt har en plombering. Visserligen bruten men ändå. Totalt sett är det en ganska tung metallpjäs.

– Vad har vi här då? Du har ju knappast flutit hit alldeles själv och lagt dig till ro under några stenar! sa Disa i vänlig ton.

Hon lyckas med viss möda få av locket. Disa öppnar de två påsarna av skinn och lägger ut innehållet framför sig på dur-ken. Hon vet inte vad hon ska tro? Så fantastiskt gnistrande vackert, likt en sagoskatt! Äkta? Kanske, kanske inte. Här hade hon tänkt på silverljus för en liten stund sedan, nu glänser det av guld på hennes egen durk.

38

INNEBÖRDEN

DISA INSER ATT det börjar bli bråttom att ge sig iväg hemåt, men först tänker hon kasta ett getöga på rullen med dokument som också ligger framför henne på durken. Det är skrivet på tyska. Och på engelska. Även ryska bokstäver, det kyrilliska alfabetet. Disa kan konstatera att flera av dokumenten är daterade före första världskriget, samt strax efter att det hade brutit ut. Men ett dokument är helt annorlunda. Dels är det skrivet på svenska och dels är det daterat år 1942. Närmare bestämt den åttonde april 1942.

Då pågick nästa världskrig, tänker Disa och börjar läsa högt:

– Mitt namn är Kalle Bruthus. För mindre än en vecka sedan hände någonting fruktansvärt här ute i ytterskärgården, en tragedi. Som jag brukar göra vid den här tiden på året är jag ute på sjöfågeljakt. I tron att det är en stor gråsäl jag skjuter dödade jag en man som är klädd i vita skinn från topp till tå. På huvudet har mannen en skinnhuva som gör att han ser ut att vara en säl. En olyckshändelse. Men faktum är ändå att jag dödade mannen. Det visar sig därefter att mannen inte är ensam. I en iseka, som står ute på havsisen, ligger en mycket sjuk kvinna. Hon har drabbats av kallbrand i båda sina ben. Det finns ingen möjlighet för mig att rädda kvinnan, hon är döende. Jag kom fram till att det enda jag kan göra för henne är att avsluta hennes lidande. Jag utför ett barmhärtighetsmord genom att kväva henne med hennes egen kudde. Det tragiska tar inte slut i och med detta. I isekan finns dessutom ett litet barn. Barnet ligger i en vagga. Det lilla barnet är dött, förmodligen har det frusit ihjäl. Jag vet inte om det är en pojke eller en flicka. Det pågår ett fruktansvärt krig omkring oss. Jag vet inte varifrån mannen, kvinnan och det lilla barnet kom, vad de flydde från eller vart de var på väg. Jag ordnar en provisorisk begravning en bit ut på havet, på havsisen, ett mellanting av en vikingaritual och en sjöbegravning. De tre döda får ligga bredvid varandra i sin iseka. Därefter antändes ekan. Jag bearbetar isen med min isbill runt hela platsen där ekan står. Värmen från elden i kombination med den perforerade isen gör att farkosten med sin last sakta sjunker genom isen och försvinner i djupet. För alltid.

Jag önskar härmed lätta mitt samvete och erkänna att mitt handlande ledde till två människors död. Kanske är det en nåd att stilla bedja om att det lilla barnet redan hade dött. Må de alla tre vila i frid.

På Bruthusön i ytterskärgården den åttonde april 1942
Kalle Bruthus

Disa sitter en stund försjunken i tankar, hon vet inte vad hon ska tro om detta. Är det sant? Eller är det falskt, påhittat? Om det är falskt, av vilken anledning skriver man ett sådant brev? Varför finns bekännelsen i den här cylindern, och med alla dessa smycken ? Och varför . . .? Det finns många frågor, det är mycket som är minst sagt oklart. Kalle Bruthus, mannen som skrev detta, försvann bara några månader efter det att han daterat "sin bekännelse". Som han själv skrev "Det pågår ett fruktansvärt krig" och det kriget, det fruktansvärda, kanske kom ikapp honom på något hemskt sätt? Och vem vet, han kanske förtjänade det?

Nu är det bråttom för Disa att komma iväg. Hon plockar ner allt som hon hittat och placerar det i sin ryggsäck. Snipans motor går pålitligt igång. Nu har Disa nästan tre timmar på sig att fundera på det hon hittat och hur hon själv ska agera. Hon kommer bland annat fram till att hon ska berätta för sina föräldrar om i första hand brevet med erkännandet. Är det hennes sak att berätta för Ingrid, systern till Kalle Bruthus, om brevet, om erkännandet?

39

I NYTT LJUS

DISA KÄNNER SIG illa till mods. Hon är utsänd för att hjälpa Ingrid med att se till att hennes hus och sjöbod ska klara den annalkande vintern.

Och vad resulterar färden till Ingrids ö i?! Jo, att Disa har uppgifter som talar för att Ingrids bror har dödat två människor. Samt att brodern "begravt" en hel familj – en mamma, en pappa och deras lilla barn – genom att bränna dem och sedan låta allt och alla sjunka till havsbotten!

När Disa glider in med snipan till bryggan är det inte riktigt mörkt, men mycket nära.

Hennes föräldrar möter henne med följande:

– Du lovade att komma hem innan det blev mörkt!

– Vad har du haft för dig, förstår du inte att vi hann bli ordentligt oroliga?

– Nå, hur som helst är det roligt att se dig helskinnad!

Disa förtöjer för storm, som alltid.

Kvällsmaten står på bordet när Disa kom in.

– Kom nu och sätt dig och ät, du måste ju vara jättehungrig, sa hennes pappa.

– Ja, nu äter vi. Pappa och jag har väntat med att äta så att vi

213

kan äta tillsammans. Berätta nu hur det var där ute på Ingrids ö, fyller hennes mamma i.

– Kommer strax, en minut bara, sa Disa och gick till sitt rum.

Hon tar fram dokumentet som Kalle Bruthus skrivit. Resten låter hon ligga kvar i ryggsäcken.

Efter att alla har tvättat händerna sätter de sig till bords. Det är hare med svampsås och kokt potatis, en av Disas absoluta favoriträtter och har så varit ända sedan hon var liten. Men den här gången har Disa svårt att njuta av maten.

– Hur är det Disa? Smakar det dig inte, håller du på att bli sjuk? frågade Birgit oroligt.

– Kan du berätta hur det var ...?

Disa avbröt sin pappa:

– Det inträffade någonting mycket märkligt där ute på Ingrids ö! Eller kanske man ska kalla den för Kalle Bruthus ö, för det är väl han som byggt huset, sjöboden, utedasset och bryggan och satt sin prägel på ön?

Birgit och Oskar tittar förvånat på Disa och därefter på varandra.

– Ja, kanske det ... Jo, det vill säga att det är han som byggt allt där ute, men sedan länge är det Ingrids ö. Som du vet försvann Kalle Bruthus under kriget, sa Oskar.

Disa bestämmer sig för att gå rakt på sak:

– Kalle Bruthus var en mördare och likbrännare! Han dödade två människor där ute och han brände en hel familj, till och med ett litet barn! Han bekänner det i det här brevet som han skrev i april 1942. Läs själva, sa Disa och räcker fram brevet som Birgit snappar åt sig och börjar läsa.

Birgit läser först under tystnad men plötsligt börjar hon gråta hejdlöst och skriker rätt ut:

– Vilken lögnare! Han sa till oss att de gick ner sig på isen och drunknade. Att han bara kunde rädda dig ... Birgit tystnar tvärt.

Oskar försöker lugna Birgit. Disa sitter först alldeles tyst och stirrar framför sig.

Innebörden av orden ...

Disa vände sig till Birgit:

– Du säger alltså att det handlar om mig! Att det är jag som är det lilla barnet och att denne Bruthus dödade min mamma och min pappa ... Alltså min riktiga mamma och min riktiga pappa! Vilka är då ni? Hur hamnade jag här? Varför just här? Har jag levt hela mitt liv i en stor lögn? Och det är ni två som ljugit för mig! Ni som jag litade på mest av allt och alla. Ni har spelat teater hela tiden. Och det har ni gjort bra! Mig har ni då grundlurat alla de här åren. Disa reser sig hastigt upp och lämnar rummet och sina så kallade föräldrar.

Det sista Disa säger är:

– Jag går till mitt rum och jag vill vara ifred. Respektera det!

Morgonen därpå, i gryningen, ger sig Disa av. Hon skriver kortfattat i ett brev till Birgit och Oskar att hon behöver tänka igenom allt och försöka få distans till det som hänt. Disa tar den lilla eksnipan och hon skriver att de kan hämta den vid ångbåtsbryggan på Storön, att hon åker med ångbåten därifrån till Stockholm, att Birgit och Oskar inte ska försöka ta kontakt med henne. När tiden är mogen, om den någonsin blir det, kontaktar jag er, avslutar Disa brevet till Birgit och Oskar.

FÖRFÄKTA
angående kommande bok i serien om
ISFLICKAN.

VAR VÄNLIG OBSERVERA: Känsliga läsare uppmärksammas härmed att det förekommer sådant som kan tyckas vara kontroversiellt och provocerande. Trots att det eventuellt kontroversiella och det dito provocerande i huvudsak förmodligen finns i det betraktande sinnet visas hänsyn främst genom att viss självcensur är utförd, trist och sant på samma gång. Alla eventuella likheter med verkliga personer, organisationer, myndigheter, stiftelser, föreningar, broderskap, systerskap, varumärken, etc. är antagligen slump och förbannad dikt eller osannolikt falska samband.

En ny tid, rentav en alternativ period, i mycket faktiskt ett paradigmskifte. Kärva förändringar kan ha många namn och just förändringar sker allt snabbare till synes utan mening eller mål. "Det var inte bättre förr, men det är värre nu" är ett klassiskt uttryck som beskriver läget på ett adekvat sätt. Kontinuerligt är det mycket som är skiftande, ständigt pågående processer som inte går att hejda. Artificiell Intelligens, AI, har en allt mer genomträngande och effektivare påverkan. Dess genomslag på i stort sett alla områden är enorm. Det som går att göra, det görs. Att tro, hoppas och/eller frukta någonting annat är att tröstlöst försöka bedra sig själv. Den enorma mängden pengar som finns att tjäna i AI gör det ännu enklare att konstatera att det som går att göra verkligen blir gjort och dessutom görs det i ett accelererande tempo.

Men trots allt finns människorna kvar och tvingas ständigt försöka hitta sin plats i det som tidigare rätt allmänt kallades för det verkliga livet. Att avgöra vad som är verkligt eller inte blir allt svårare i en alltmer instabil tillvaro. Någonting som är uppenbart är att förhållningssätt har en allt kortare livslängd, men inom vissa områden klamrar sig traditioner och folktro fast. Likt öar på ett stort vresigt hav existerar de trots allt, står pall och inger hopp till lärjungar som ofta är mer som sektmedlemmar än någonting annat. Exempelvis är, tvärtemot vad man kanske skulle kunna tro, shamanernas och oraklens tid inte förbi och en så kallad folkkär person i detta sammanhang är Lars CV Pallezon. För övrigt med en tidigare karriär som frontfigur och sångare i det oerhört populära dansbandet Pallezonz vars största framgång var superhiten "Maybe baby, maybe baby, maybe baby, maybe baby". Ack ja, sådana tider längesedan! CV:s självförtroende är det inget fel på och ordet ödmjukhet kan eller vill han inte ens stava till. Oraklets motto: "Det jag är expert på är det som är viktigt." Ett av hans expertområden är något han kallar "Brottslig & Obrottslig Kriminalitet" där mycket av kunnandet bygger på egna erfarenheter. I sin ungdom pysslade CV med att misshandla och råna gamla människor. Gärna så kallade åttioplussare. Helst utförde han detta utomhus när det var vackert väder, eftersom han ogärna ville riskera sina kläder och sin frisyr i onödan. Men med tiden tröttnade han på detta råa beteende och inledde istället den nämnda dansbandskarriären. Hur som helst, det sägs att alla förtjänar en andra chans, och även en ... osv. I "Dalt-Sverige" var och är det mesta möjligt om "var och hen" är tillräckligt fräck, girig och empatilös. Lars CV:s podcast "Kylslagna Fall" är oerhört populär. Under flera säsonger har CV gått igenom mer eller mindre ruskiga ouppklarade mordfall och försvinnanden. Vid flera tillfällen har det kommit in avgörande tips till CV och Polismyndigheten. AI är givetvis med i bilden som tipsare och på det området går utvecklingen rasande snabbt. Det knepiga är att avgöra vem, respektive vad, uppslag och tips har som källa, AI eller människa, men detta är av allt mindre betydelse eftersom gränsen suddas ut alltmer. "Rena AI" som vittnen är allt som oftast faktiskt att föredra i jämförelse med "hundraprocentiga människor". Exempel på extraordinära och extremt kontroversiella fall som avhandlats i podden är: "EN XXX-HANDLARES LEVE(R)BRÖD". "DREAM TEAM TO MARS". "LÄRARNAS FRIA VAL". "MEDBORGARFÖRSLAG FÖR GOTLANDS BÄSTA". "HÄLFTEN KVAR – DET RÄCKER GOTT".

Lars CV Pallezon är inte en sämre populist än att han även tar upp rykande färska trender och företeelser, som han dessutom med sin omhuldade fingertoppskänsla lyckas omvandla till populärkultur. Storartad underhållning modell klassiska "Bröd & Skådespel" åt den breda massan, det vill säga folket. En sådan "företeelse", som på kort tid har resulterat i flera mycket uppmärksammade aktioner, är det som CV valt att kalla "SITTA BANKSÄKER". Detta efter att "först ut på plan" var en av storbankernas absoluta toppfigurer. Denne hade valt taktiken "le och vinka" när storbankerna mjölkade bolånekunderna som värst, strösslade med pengar till aktieägarna och delade ut saftiga bonusar kors och tvärs, samtidigt som så kallat vanligt folk hade blivit tvungna att gå från hus och hem i mängd. Rena rama strömhoppet. En storbankstaktik som parallellt med ohämmad pudling fungerat länge och väl, men nu var det tydligen slut med det. Vissa hade fått nog. En grupp som på och i sociala medier något kryptiskt möjligen kallade sig "Frö Ken Kladd Bar Bi ", hade tagit på sig det fulla ansvaret och även sett till att det fanns proffsigt gjorda filmer ute på nätet från dag ett. AI har i vissa fall tagit över hela produktioner med oerhört imponerande resultat! Och snabbt går det, fantastiskt snabbt till och med.

– Gjorda med en inte oäven konstnärlig touch, som CV förtjust uttryckte det.

En slogan som hördes och syntes allt mer i sociala medier: "Efteråt finns bara kackerlackor och storbanker kvar" kan sägas vara en förfinad och nutida anpassad utveckling av den amerikanske genetikern Bentley Glass teorier från början av 1960-talet. Bentley Glass presenterade sina teorier angående kärnvapenkrig och att bakterier och insekter var de troliga överlevarna. Det som fanns kvar i folks minne av hans teorier var kackerlackorna. Det blev till slut "en sanning"och nu hade storbankerna tillkommit som rejäla överlevare när annat fallerar. En gemensam nämnare som ansågs avgörande i sammanhanget är att de saknar konkurrens i egentlig mening – alltså kackerlackorna och storbankerna.

Lars CV har även sina gröna fingertoppskänslor i marijuana-myllan och han har nogsamt skaffat sig alla rättigheter till TV-programmet/formatet/rörlig bild/etc. "Missbrukare söker lantbrukare". En enorm framgång med CV själv som "ledare för brasset" som han förtjust beskriver det. Ett koncept som tar odling till nya, höga nivåer. Det är en ömsevinstsituation där kreativt miljötänk går hand i hand med legalisering av droger och storstilad underhållning. "Påtänd var det här" är ett utrop som gillas och uppskattas bland annat för att det är rikligt förekommande med motljussex, som varvas med fina landskapsskildringar, ibland som kombo. Missbrukare, gärna narcissistiska personligheter med vloggnäbb och andra vanligt förekommande utfyllnader här och där, träffar lantbrukare. Alla könen deltar på lika villkor, samt givetvis AI i skepnader som de själva tycker är bäst. Stora odlingsmöjligheter av marijuana i lador och växthus, samt på lämpliga marker. "Big business" där stor elkonsumtion och rejäl vattenåtgång med lätthet uppvägs av enorma möjligheter att producera fossilfri el. Här pratar vi ytor för solcellsparker, såväl horisontella som vertikala vindkraftsanläggningar, vattenkraft och avsaltning av havsvatten.

Ett par nya kundgrupper med enorm potential har tillkommit på senare tid, nämligen hundägare och hundar! Dessa kundgrupper, i och för sig är det hundägare som betalar för hundarnas "behovskonsumtion", där cannabis har visat sig vara utomordentligt för att bemästra så kallade humörrelaterade problem hos både hundägare och hundar. Människans bäste vän – en knarkande hund! (Observera: Ska ej förväxlas med så kallade knarkhundar, som nu har blivit i stort sett överflödiga på grund av/tack vare legaliseringen.) Produkterna, som kan sägas visa på den fantastiska kombon "medicinsk rekreation", marknadsförs och säljs under varumärket "Lugn & fin Fido". En så pass snabbgenomtänkt och relativt utprovad produktserie att det verkar fungera ypperligt på såväl hundar utan hyfs som deras dito ägare.

"Har man sagt A får man säga B och då står CV och lurar bakom hörnet" som han själv intensivt myntade . Helt kort om vissa "Kylslagna Fall":

"EN XXX-HANDLARES LEVE(R)BRÖD" är en oerhört smaklös och vedervärdig historia där en ung kvinna, som arbetade som granskande journalist, försvann när hon wallraffade på en större XXX XXYX-butik. Journalisten hade gått in med hull och hår när hon gick undercover för detta uppdrag som hon tyckte var mycket viktigt. Diverse rykten angående bland annat ommärkning av diverse köttprodukter gällande ursprung, djurhållning, bäst före-datum, med mera, ingick i hennes uppdrag att granska på plats. Hennes val av tillvägagångssätt var inte någon slump. Hon hade präglats av amerikanska TV-serier som "The Wire" och "The Rookie". Fascination för olika typer av infiltrationsuppdrag gjorde att hon valt wallraffande som metod. Det sista som kom från den kvinnliga journalisten var ett SMS till en journalistkollega: "En XXX-handlares handslag är lika urvattnat som lutfisk." Möjligen en smula kryptiskt och därefter rådde så att säga radiotystnad.

Först var hennes försvinnande spårlöst men efter en månad dök den första ledtråden upp. En kund köpte en färdiggrillad (varmhållen) korv med bröd på en XXX-butik och till sin stora förvåning bet kunden i ett örhänge som fanns i endera korven eller korvbrödet. En stor bit av en tand lossnade och kunden var fly förbannad och försökte få en ursäkt och betalt tandläkarbesök, men XXX-butiken tvärvägrade. Till saken hör att denna XXX-butik ligger mer än åttio mil från den butik där den wallraffande journalisten verkade. Den drabbade kunden skrev om det i sociala medier och la ut bilder på både tand och örhänge. En väninna till den försvunna journalisten kände igen örhänget och kontaktade journalistens mamma. Och mamman bekräftade att det rörde sig om hennes dotters örhänge som var specialgjort av en silversmed i Göteborg. I och med detta kom ett genombrott i mysteriet hur journalisten kunde ha försvunnit. Visserligen bara en teori och en makaber sådan, men utredarna hade någonting att utgå ifrån och sakta men säkert började fallet nystas in. Korv och korvbröd från XXX undersöktes av Polis och det visade sig att man fann spår av mänskliga kvarlevor, bland annat av lever, i både grillkorv och det grova korvbrödet som sades vara "proteinberikat". Och givetvis tog XXX extra betalt för sitt berikande.

– Ja, de är verkligen inte blyga där på XXX, som CV uttryckte det samtidigt som han åstadkom någon typ av läte.

Att kvinnans DNA fanns i denna "mat" som XXX tillhandahöll visade vart kvinnans kropp tagit vägen, men hur kroppen hamnat där gick inte att bevisa med säkerhet. Om det var frågan om en olyckshändelse, alltså typ att journalisten råkat snubbla och ramla rätt ner i köttkvarnen med huvudet före, eller om det var ett överlagt dåd utfört med kylslaget sylvass beräkning gick inte att få klarhet i. Lars CV hade som vanligt med självklarhet sin bild klar hur det hela hade gått till, men rättvisans kvarnar malde inte lika flinkt som de på XXX. Ännu i denna dag är ingen åtalad och ännu mindre dömd för brott i samband med kvinnans försvinnande och (eventuella) död.

Som åklagaren urskuldande uttryckte sig:

– Vi hade tyvärr inte tillräckligt med kött på benen i det här fallet. Det gick ju faktiskt inte ens att bevisa att kvinnan är död på riktigt.

"LÄRARNAS FRIA VAL" har sin upprinnelse i ett förslag från en sann naturentusiast. Förslaget gick i stort ut på att alla lärare i konungariket Sverige ska göra en värdefull insats för landets flora och fauna. Såväl behöriga som obehöriga lärare ska i fem veckors tid under sommarlovet arbeta med att bekämpa invasiva främmande arter. Lärarna ska givetvis få en valmöjlighet beroende på tycke, läggning, intresse och smak – ett så kallat "Alternativt fritt val". Exempelvis kan lärarna välja mellan att skjuta mårdhundar i norra Sverige eller ge sig på att döda stenmård i södra delen av landet, alternativt fånga invasiva krabbor och fiskar, eller rensa bort invasiva växter längs vägrenar och banvallar, samt i trädgårdar. Tack vare AI går det att hela tiden beräkna och förutse var och när det är dags att göra insatser mot det invasiva, som annars ges möjligheter att ta tillbaka förlorad mark om man får uttrycka sig lite ärevördigt. Mål och mening: Tids– och arbetskraftseffektivt. Eftersom lärarna redan uppbär lön under sommaren ska detta inte belasta skattebetalarna ännu mer än som redan är fallet. En win-win situation tycker naturentusiasten! Det görs en summativ bedömning. Endast betygen Godkänd eller Icke godkänd tilldelas deltagarna. Betyget Icke godkänd innebär en extra arbetsvecka kommande sommar med löneavdrag "Någon måtta får det faktiskt vara", som naturvärnaren skrev i sitt medborgarförslag. Detta förslag som till synes är framtaget i all tänkbar välmening och med stor omsorg med balans mellan morot och "det andra, onämnbart i sammanhanget" fick till följd att förslagslämnaren trakasserades och hotades, bland annat extremt mycket i sociala medier. Fackliga företrädare var inte nådiga i sin kritik och representanter för dessa stod och grät öppet när de fick chansen i gammelmedia och när de inte fick chansen producerade de egna gråtmilda inslag och la ut i sociala medier. Naturentusiasten fick kalla fötter och försökte göra det ogjort, men det var för sent.

– Det som finns på nätet, det stannar på nätet, som CV mycket sakligt uttryckte det.

Det hann gå några veckor , därefter hittades den sanne naturentusiasten på en banvall. Eller en mer korrekt beskrivning är att hen hittades i en banvall. Det var nämligen bara huvudet och halsen som stack upp ovan jord, resten av kroppen var nedgrävd lodrätt. En upp och nervänd stor zinkbalja dolde dels hens huvud och dels de som kalasat på huvud och hals. Ett femtiotal asiatiska blåskrabbor, eller asiatiska strandkrabbor som de också kallas, är en aggressiv invasiv art. För övrigt tycktes dessa aggressiva krabbor ha en förkärlek för läppar, ögon, örsnibbar och kinder.

– Ena rackarns små gourmeter de där blåskrabborna, som Lars CV sammanfattade det hela och gav ifrån sig ett smackande ljud.

Och en detalj som CV poängterade som någonting alldeles exceptionellt är den lodräta gropen. Det här är ingenting man åstadkom utan att vara enormt motiverad, samt ha gott om tid. Och tillgång till rätt utrustning är ett måste i utförandet. Stenhård banvall, transport på spåret, mycket oväsen, transport av kropp, med mera, allt detta och mer därtill är ingredienserna i detta morbida mordfall. Tyvärr ännu olöst trots att det kom in ett flertal intressanta tips efter att CV tagit upp fallet i sin podcast.

"DREAM TEAM TO MARS" är, i alla fall enligt Lars CV och han om någon vet ju vad han talar om, ett av de märkligaste och samtidigt mest fascinerande fallen i svensk kriminalhistoria. Vi kan kalla huvudpersonen för "Hen", och denne Hen hade gjort sig en enorm förmögenhet på IT och AI. I vissa kretsar används smeknamnet Hen Storm-Rik och ibland det enklare och mer familjära Hen Rik. Nå, Hen brukade skämtsamt säga att AI stod för Analog Inkompetens, men skämtlynnet var bara en dimridå och hade inte hindrat Hen det allra minsta att bli snuskigt rik på sina AI-relaterade företagssatsningar. Hen var även en hängiven rymdfantast och tyckte sig ha råd att bygga rymdskepp och rymdraketer i egen regi. Jeff Bezos, Richard Branson och Elon Musk höll på med sina rymdprojekt med varierande framgång.

Men som Hen hävdade:

– Rymden är ofattbar stor, det finns plats åt oss alla fyra, minst.

Och Hen var en tävlingsmänniska av rang och gav en hint om det med uttalandet:

– Dåliga förlorare bryr jag mig inte om, det är vinnarna jag inte tål.

Från början hade Hen med stor sannolikhet tänkt bygga en rymdfarkost för eget bruk för att kunna komma ut i en omloppsbana runt vår planet och studera den från ovan. Landning i Stilla havet, gärna i närheten av Hawaii. Lite vågsurfing, katamaran– och proasegling på programmet. Vackra tankar och dito planer, men efterhand kom det även att handla om att ha möjlighet att skicka grupper av människor till planeten Mars.

Inte Hens förslag från början men Hen tilltalades av detta som koncept. Hen hade haft en extremt låg profil när det gällde detta projekt och när det långsamt växte fram. Anledningen kanske var de stora ord som kollegerna/konkurrenterna Bezos, Branson och Musk hade gått ut med och typ lovat stort men hållit relativt tunt i sina utspaceade rymdprojekt. En annan anledning kan ha varit att projektet av vissa kunde uppfattas som kontroversiellt. Alla skulle förmodligen inte hålla med om det lämpliga i det urval av personer som Hen gjort. Och det rörde sig självfallet om ett subjektivt urval.

Om Hen skulle ta in förslag på lämpliga resenärer från den beredvilliga allmänheten föreställde sig Hen förslag och åsikter såsom detta, som mycket riktigt kom in efter att Hen "la ut en liten testballong" angående resenärförslag – just detta förslag fick beteckningen "grannsämja":

– Min granne är ett riktigt svin! Och denna granne förtjänar verkligen en resa till Mars. Föreställ er vilken lämplig grisbonde grannen skulle kunna bli på planeten Mars! Grisar har fler smaklökar än människor – kan bli mycket användbart vid till exempel testning av lämplig mat på nämnda planet. Hur mycket behöver jag skjuta till pengamässigt för att det ska bli verklighet? Alltså att min granne ska få komma ut och "rymdresa". Jag kan förmodligen få tillbaka en del av pengarna genom att hyra ut hans hus ...?

Senare visade en utredning, som påbörjades en tid efter Hens försvinnande, att den dokumentation som Hen lämnade efter sig bestod av anteckningar på papper när det gällde "Dream Team To Mars" som Hen hade som rubrik. Närmare bestämt gjordes anteckningar med blyertspenna i en anteckningsbok med linjerat papper. Ingenting digitalt, ingenting i mobiltelefoner eller datorer, inga robotar inblandade, ingen AI, inget AI ... Visst, det var ett team som designade och byggde rymdfarkosten och i det arbetet användes all tänkbar teknik, men listan med det som Hen kallade "Dream Team To Mars" fanns bara som blyertsanteckningar i ett litet pappersblock. Hur fick någon ens reda på vad som stod skrivet i blocket? Någon form av industrispionage, "flugan på väggen" är en mycket sofistikerad verklighet idag, någon insider, en sugerbabe/sugerman/sugerdaddy, närstående? Hur som, någon visste. Och denne någon, eller några, gillade det (kanske) inte! En annan teori när det gällde Hens försvinnande är att det var någonting helt annat som var anledning till bortavaron av den oerhört förmögne så kallade Hen Rik.

Angående det handskrivna dokumentet "Dream Team To Mars":

Överst på den läckta listan, plats nr 1, stod det skrivet med prydlig handstil: Hakan Hellscreaming. Plats nr 2: Hakan Hellscreaming. Reservplats för Hakan H. om det av någon anledning skulle uppstå problem, typ tekniska fel, med plats/ stol nr 1. Men OM stol 1 funkar är stol 2 vikt för en typisk samvetslös girig influerare som ser till att allt fler "hamnar i kaninhålet" för till exempel spelmissbruk, i utbyte mot pengar & prylar. En mycket gedigen social fördel för den blå planeten.

När utredarna tittade på anteckningarna kunde de bara ana vem denne "Hakan" var. Att det till och med fanns en reservplats för denna person tydde på att rymdentusiasten var mycket mån om att Hakan skulle få komma ut och resa. Eftersom rymdentusiasten enligt uppgift var mycket musikalisk, absolut gehör och inte det minsta tondöv, samt själv spelade fiol och tre olika blåsinstrument, dock inte samtidigt, gick det att dra preliminära slutsatser vem denne Hakan var. Men: Det gick inte att fastslå det till 100%, bara till 99,7%.

Som en av utredarna uttryckte det:

– Jo såhär är det, 0,3% ger trots allt en viss osäkerhet. Vi kan inte vara helt säkra, inte till 100%.

Smart och sant samtidigt som det var diplomatiskt uttryckt.

En teori som finns med i utredningen, men egentligen inte fick mycket gehör, är att det rör sig om en utövare inom Mixed Martial Artial, i dagligt tal ofta MMA. Utövaren är av okänt ursprung men enligt vissa källor är han från Överkalix, åter andra hävdade att han härstammar från "någonstans i Dalsland". Personbeviset ser ut som om det är skrivet på någon form av "svensk-norsk" vilket kan tyda på Dalsland, eller Överkalix. Hur som är MMA-Hakan ett fenomen i sociala medier där han har två(2) miljarder följare, allt enligt egen utsaga, samt ett intyg från en "D. Over Tramp" som bekräftade detta som "enormt sanningsenligt". De trogna följarna verkar inte bry sig om MMA-Hakans rasistiska åsikter och uttalanden, samt att det "trampades snett" gång på gång när det gäller kvinnors rättigheter och respekt för kvinnor. Citat som "Negrer och rasister är det värsta jag vet" och "Den enda naturliga och rättfärdiga kvinnorörelsen är motjucket" verkar inte påverka hans enorma popularitet. Förmodligen säger det en hel del om följarna. Frågan är bara vad?

I anteckningsboken, på dess sista sida, stod det skrivet "Bxxxxx For President – On Mars". Vilken Bxxxxx som avses var oklart, lite grumligt. En notering löd: "Orsakar i mängd onödig konsumtion av kitch här på denna planet. Exempel: Barn "inspireras" att ta bort rynkor i ansiktet med diverse hudvårdsprodukter ... Hmm. Och: Miljöavtrycket är enormt stort till ingen nytta. Bättre då att denna person får chansen att ta steg med fina skor och göra avtryck på "den röda planeten".

Under Bxxxxx For President stod det "Möjlig vice: Pxxxxx". Återigen, såklart inte solklart vilken person som avses. Men utredarna tycker sig ha i första hand tre möjliga Pxxxxx varav två är från vårt västra grannland och inte troliga i just det här fallet eftersom det verkade vara ett helsvenskt resesällskap. Men återigen, inte till 100% självklart avklarat och utbenat.

Totalt är det tjugo personer som är tänkta som möjliga

resenärer på den första färden till planeten Mars. Vissa är namngivna med för eller efternamn, några med initialerna utskrivna. Åter andra är beskrivna med yrke eller citerade med typ "deras värsta groda".

Exempel på hur det kan se ut:

M.Txxxxxxm – PP (PositivitetsPersonlighet). "Det är självklart fråga om tur och retur! Jag är säker på att allt kommer att ordna sig till det bästa!"

Och: Given i gänget är Popup-Mona. Det behövs en mindre nogräknad samordnare och kombon att denna donna är Barbieexpert är helt osannolik när det nu är så få stolar! Äntligen kommer planeten Mars att få en Barbiekännare!

Två stolar är passande och vikta för influencers som bidrar till shopaholicbeteende med rejäla miljöavtryck enbart för egen girig samvetslös vinnings skull. Tar hyckleri till nya höjder, typ Mars ... Gärna någon som samkör psykisk ohälsa, smink och något egendesignat. Respektive en smula yoga, farligt ohälsosamma energidrycker samt en nypa sötsliskiga kakrecept i en salig blandning typ hopkok.

Och noteringen: Plats för två landshövdingar. Alldeles för många här, alldeles för få där.

Samt: Att ge plats för ett par GD är inte fel.

Sist men inte minst viktigt: Kosthållningen! Flott-Txxa ordnar med rejäla portioner! "Gottigottgottgottigott!"

En smula märkligt kan det tyckas att Lars CV själv verkade närmast förnärmad att han inte fanns med på listan. Att han borde ha varit ett givet namn på någon hög post eller på något extra viktigt ämbete kan han tycka. Men icke!

CV uttryckte följande funderingar:

– Planeten Mars är ett oskrivet blad. En laglös plats, eller rättare sagt en planet helt utan lagar och regler. Hittills har det inte varit något problem eftersom, åtminstone tror vi oss veta, det inte finns människor eller annat levande liv där.

Undertecknad, alltså jag Lars Celsius Valter Pallezon, är en utomordentlig uttolkare av lagar & regelverk. Unik möjlighet att tänka rätt från början och inte dras med en massa förlegade omoderna bestämmelser och regler.

Ett par exempel på sådant som kan uppstå:

Ett allvarligt brott på Mars kan vara att nalla av någons syrgas! Kan leda till typ mord/dråp.

Är det ens möjligt att felparkera på Mars? Ett sätt är att placera P.Wxxxxxxn i en så kallad parkeringsstimulator (inbyggd massage i "sitsen") för seriös övning med välbehag. Om denna person därefter lyckas parkera lagligt utan att använda sitt tillskansade/egengjorda "parkeringstillstånd för funktionsnedsatt" . . . Ja, då är det förmodligen inget kommande problem på Mars.

– Hur som helst är det intressanta straffskalor att arbeta fram och det är ju jag expert på. Jag är dessutom övertygad om att jag kan sköta allt på distans, det lär blir bäst så, skrockade CV fram.

Hen är plötsligt som bortblåst från jordens yta, om uttrycket kan ursäktas. Vilda teorier att konkurrenterna/kollegorna har värvat Hen till sina respektive projekt och att hemlighetsmakeri är orsaken till spårlösheten dök upp i sociala medier tillsammans med den fiktiva passagerarlistan. Och i och med detta kan proppen sägas vara ur på riktigt! Nu har i stort sett alla och envar möjligheter att komma med egna teorier och upprördheten är enorm när det gäller urvalet! Någon ville bara ha miljöpartister som passagerare. Åter någon annan ville enbart se fysioterapeuter som resenärer. Ytterligare ett exempel på åsikt är "resenärer från den och den fotbollsklubben", etc./ osv/med mera/med flera.

När Hen till slut hittas är det efter ett tips på sociala medier som är helt avgörande. Befanns sitta på Sveriges högsta punkt, alltså på toppen av Kebnekaise. Mycket likt och naturtroget med Hens ansiktsdrag etc. men i frystorkat tillstånd likt någon form av mat lämplig att inmundiga vid rymdfärder. Men det är en hake med alltihop, det är fråga om fake! Det visar sig att det rör sig om en AI-alstrad "Avatar 3.1"! Den verkliga Hen lyser med sin frånvaro och har än i denna dag inte återfunnits så vitt man vet. Förhoppningsvis befinner sig Hen lycklig och relativt tyngdlös i någon form av omloppsbana där Hen kan sitta i lugn och ro och titta på mäktiga översiktsvyer!

Avdelningen trender:
"Sitta banksäker" är inget mordfall. Det är bäst beskrivet ett demonstrativt förhållningssätt, ett uttryck för en stark vilja som kan benämnas civil olydnad för att skipa rättvisa när regler och lagar i princip trampas och spottas på. Detta så kallade hands-on-förfarande har spritt sig till människor som bland annat tycker att det får vara nog. Det rör sig om verkliga "doers". De utför, det händer på riktigt och det är snabba beslut samt kort ställtid. Vem som är den person, alternativt vilket nätverk eller organisation, eller vilken rörelse/stiftelse, som ursprungligen tog fram konceptet är höljt i dimma, som CV poetiskt uttryckte det i sin podd när han tog upp det under avdelningen "Nya företeelser och (o)motiverade skamgrepp". CV visade prov på sin dramaturgiska ådra och spädde på med "I isdimma dold" vilket fick mycket gillande! Naturligtvis har CV en teori om vem/vilka som står bakom konceptet! I det kommande podcastavsnittet ska CV avslöja ALLT!
– Nu snackar vi "Cliffhanger" av rang, som producenten gillande uttryckte det.

Kvinnan som kallas DiDi har alltid tyckt att den klassiska metoden, som tillämpats under flera århundraden, att visa upp och bestraffa hästtjuvar, bedragare och skurkar i största allmänhet, faktiskt har sina förtjänster. Själva utförandet: Oftast genom att först rulla den aktuella individen i tjära och fjäder, därefter bära personen i fråga offentligt sittande på en planka. Metoden har som sagt sina förtjänster. Ett sorts gatlopp, som nu till stor del ersatts av att hängas ut i sociala medier av "förståsigpåare" ur alla sociala grupper, samt nättroll som agerade solo eller i grupp. Men i takt med tiden önskade hon, DiDi, ett handfast verklighetsbaserat, tidsenligt samt miljöanpassat alternativ. Ut med det fossila, alltså tjära eller tjockolja, och istället ersätta det med honung. Överskott på närproducerad, av inhemska honungsbin producerad honung är en förutsättning och det råkar mycket lägligt vara en sanning nuförtiden. En backup är alltid bra att ha: Vid honungsbrist går det nästan lika bra med sirap. Och gärna då lönnsirap. DiDi har gått med i organisationen "Fossilfri i Sverige" som i och för sig var en tandlös myndighetshistoria med ännu en av dessa samordnare som styrde och ställde efter förmåga, men hon inser att det möjligen kan göra skillnad på sikt även om det nu knappast är mer än styrfart som gäller. Greta T. kämpade på och lät sig bäras än hit och dit av personer i uniform. Förmodligen handlar hon med en passiv välmening, men inte tycktes det hjälpa när det gällde rättvisa och klimatkris. FN:s generalsekreterare har konstaterat att vår planet "kokar" och att det är bråttom att genomföra åtgärder. DiDi är mer för en hands-on-variant med praktiska medel och aktioner. Istället för fåglars fjädrar och dun ska det absolut gå att använda frön från asp, som i stort upplevdes som en sorts ludd och enligt expertis inte ska orsaka allergiska reaktioner annat än i undantagsfall. Luddet är även en lisa för själen för de som sitter planka och möjligen är åt det pryda hållet. Det upplevs inte påtagligt att de är nakna under honung och ludd. Plankan är givetvis av inhemskt trädslag och obehandlad. Absolut INTE tryckimpregnerad eller målad med färg som innehåller tveksamheter typ "Åsa Romson-färg". Nej, obehandlad naturell planka är det som gäller och som vid upprepad användning ges en spännande patina av de naturliga tillsatserna honung, alternativt sirap, och urin. Med all välmening applicerades extra honung under lår och rumpa för att undvika skavsår i kontakt med plankan. Urinet kom på plats under själva proceduren när den framburna kissade på sig av gissningsvis en mix av skam, rädsla och allmän nödighet. Innan själva proceduren ges det möjlighet till ett rejält vätskeintag, i form av naturellt vatten, för att undvika uttorkning och vätskebrist. Det kan bli rejält varmt under honung och ludd. Långt ifrån alla kände skam eftersom det var någonting helt okänt för vissa, men rädda var de i stort sett allihop eftersom det verkligen är fråga om ett gatlopp. Och det i dubbel bemärkelse.

DiDi bildade det löst sammanhållna opolitiskt obundna nätverket "FKKBB" (som står för "Frö Ken Kladd Bar Bi") Den avgörande faktorn och inspirationen till detta, att nu fick det vara nog, något måste göras, var när den pengafuskande och bedrägliga riksdagsledamoten från (L), före detta Folkpartiet, som "stannade kvar" som politisk vilde, alltså partilös, mandatperioden ut, allt för att kunna håva in enligt uppgift nitton miljoner från Skattebetalarna. Kvinnan fick egentligen inte något straff, istället mer en klapp på axeln "snyggt fuskat ledamoten, sitt av tiden du, det är vi ju alla värda, vi ledamöter, vi är ju för sjutton folkvalda, hurra för demokratin!". FFF, det vill säga "Flathetens Förlovade Fäste", har visat sig från sin alltför välkända sida – igen!

Men nu statueras det varnande exempel som ger möjlighet att tänka sig för innan det fuskas och bedras! Denna, "Liberala Politiska Vilde" populär förkortning LPV, bedragerska har hur som helst hjälpt till att impregnera plankan både rejält och snabbt, redan efter ett tiotal meter när hon fördes gatan fram. Men denna liberalt sinnade kvinna är faktiskt nummer två att få sitta säkert på plankan. Först ut var en av de stormjölkande bankbossarna. DiDi hade köpt in åtta stycken AI-robotar från ett företag i Storbritannien. På frågan om de var mänskliga svarade de själva att de var det. Med känslor och uppfattning om etik och moral likt människor. Borde betyda att det kunde variera oerhört mycket eftersom vissa människor totalt saknar empati och moral. Nå, regler och lagar har inte hängt med i den oerhört snabba utvecklingen så det är svårt (läs omöjligt) att lagföra dessa AI-robotar. "Tipp tapp, tipp tapp, ansvarsfrihet råder, tyst det äro i riksdagshuset ..." Från AI-robotarnas egengenererade julsångbok. Ja, den finns självklart endast digitalt, men ändå, vilket fiiint initiativ denna bok, julljudbok/ljudjulbok, är!

Foto ©: Sören Colbing, 2024

Sören Colbing är en av vår tids främsta skärgårdsskildrare i ord och bild. Han är flerfaldigt prisbelönt och nämnas kan Världsnaturfondens Pandapris, ytterligare ett antal kultur- och hederspris, samt stipendier. Colbing debuterade 1989 med boken "Södertörns skärgård – En personlig bild". Sedan dess är han upphovsman till ytterligare ett tiotal böcker.

ISFLICKAN är Sören Colbings första roman.

Sagt och skrivet om *Sören Colbings* skapande i ord och bild:

> Sören Colbing har levt i och fotograferat skärgården
> hela sitt liv. Han har sett den från alla håll och skildrat
> dess variation som ingen annan.
> *BÅTNYTT*

> Colbing är en kärv typ.
> *Anders "Sjöman" Öhman, DAGENS NYHETER*

Fantastiskt. Mästerfotografen Sören Colbing.
RADIO P4 STOCKHOLM

Colbing är inte bara en gudabenådad fotograf,
han är även en god stilist.
Lars Porne, VETERANBÅTEN

En underbar bok. Välskriven. Underbara bilder.
Go Kväll, SVT

Verkligen hänförande. En härlig läsupplevelse.
PRAKTISKT BÅTÄGANDE

Sören Colbing är en av landets absolut främsta
naturfotografer och han skriver bra.
Skärgårdsliv är en fullträff.
DAGBLADET, Sundsvall

Skärgårdsliv av Sören Colbing är en juvel
bland våra årsböcker.
SKÄRGÅRDSSTIFTELSEN

Många av Sören Colbings foton
är storslagna konstverk.
DAGENS NYHETER